文春文庫

湯島ノ罠

居眠り磐音（四十四）決定版

佐伯泰英

文藝春秋

目次

「居眠り磐音」主な登場人物

坂崎磐音　元豊後関前藩士の浪人。直心影流の達人。師である養父・佐々木玲圓の死後、江戸郊外の小梅村に尚武館坂崎道場を再興した。

おこん　磐音の妻。磐音が暮らした長屋の大家・金兵衛の娘。今津屋の奥向き女中だった。磐音の嫡男・空也と娘の睦月を生す。

今津屋吉右衛門　両国西広小路の両替商の主人。お佐紀と再婚、一太郎らが生まれた。

由蔵　今津屋の老分番頭。

佐々木玲圓　磐音の養父。内儀のおえいとともに自裁。

速水左近　幕府奏者番。佐々木玲圓の剣友。おこんの養父。

松平辰平　佐々木道場からの住み込み門弟。父は旗本・松平喜内。

重富利次郎　佐々木道場からの住み込み門弟。土佐高知藩山内家の家臣。

霧子（きりこ）　雑賀衆の女忍び。尚武館道場に身を寄せる。

弥助（やすけ）　磐音に仕える密偵。元公儀御庭番衆。

小田平助（おだへいすけ）　槍折れの達人。尚武館道場の客分として長屋に住む。

品川柳次郎（しながわりゅうじろう）　北割下水の拝領屋敷に住む貧乏御家人。母は幾代（いくよ）。お有（ゆう）を妻に迎えた。

竹村武左衛門（たけむらぶざえもん）　陸奥磐城平藩下屋敷の門番。妻は勢津（せつ）。早苗など四人の子がいる。

笹塚孫一（ささづかまごいち）　南町奉行所の年番方与力。

木下一郎太（きのしたいちろうた）　南町奉行所の定廻り同心。

中居半蔵（なかいはんぞう）　豊後関前藩の江戸藩邸の留守居役兼用人。

徳川家基（とくがわいえもと）　将軍家の世嗣。西の丸の主。十八歳で死去。

小林奈緒（こばやしなお）　磐音の幼馴染みで許婚（いいなずけ）だった。小林家廃絶後、江戸・吉原で花魁（おいらん）・白鶴（はっかく）となる。前田屋内蔵助に落籍され、山形へと旅立った。

坂崎正睦（さかざきまさよし）　磐音の実父。豊後関前藩の藩主福坂実高（ふくさかさねたか）のもと、国家老を務める。

田沼意次（たぬまおきつぐ）　幕府老中。嫡男・意知（おきとも）は若年寄を務める。

『居眠り磐音』江戸地図

新吉原
尚武館坂崎道場
東叡山 寛永寺
山谷堀
竹屋ノ渡し
向島
忍ケ岡
上野
浅草
待乳山聖天社
三囲稲荷
不忍池
下谷車坂町
浅草寺
花川戸町
今戸橋
下谷広小路
新寺町通り
新堀川
田原町
常泉寺
小梅村
源森川
吾妻橋
安藤家下屋敷
業平橋
御厩河岸ノ渡し
品川家
十間川
首尾の松
北割下水
今津屋
吉岡町
本所
法恩寺橋
和泉橋
天神橋
新シ橋
柳原土手
浅草御門
両国橋
石原橋
南割下水
横川
入江町
金的銀的
小伝馬町
回向院
松井橋
竪川
薬研堀
大川
浮世小路
鰻処宮戸川
六間堀
若狭屋
魚河岸
新高橋
猿子橋
日本橋川
鎧河岸
新大橋
小名木川
日本橋
鎧ノ渡し
万年橋
霊巌寺
深川
永久橋
砂村新田
亀島橋
金兵衛長屋
佐賀町
霊岸島
八丁堀
永代橋
仙台堀
永代寺
鉄砲洲
富岡八幡宮
越中島
佃島
堺橋

護国寺
面影橋
小石川
伝通院
中山道
日光御成街道
本郷
下谷茅町
石切橋
牛込
豊後関前藩上屋敷
湯島天神
水道橋
神田川
神田明神
牛込御門
稲荷小路
表猿楽町
駿河台
元尚武館佐々木道場
昌平橋
筋違橋御門
田安御門
神保小路
市谷八幡宮
九段坂
俎橋
雉子橋
内藤新宿
四谷大木戸
市谷御門
一橋御門
千鳥ヶ淵
鎌倉河岸
善国寺谷通
麹町
江戸城
神田橋
四谷
四谷御門
本丸
大手御門
半蔵御門
道灌堀
西の丸
一石橋
紀尾井坂
平川天満宮
和田倉御門
呉服町
赤坂御門
馬場先御門
鍛冶橋御門
南町奉行所
京橋
清水谷
溜池
数寄屋橋御門
三十間堀川
木挽橋
氷川明神
原宿
愛宕権現
芝口橋
木挽町
長谷寺
宝泉寺
増上寺
麻布広尾町
芝
赤羽橋
麻布村

本書は『居眠り磐音　江戸双紙　湯島ノ罠』（二〇一三年十二月　双葉文庫刊）
に著者が加筆修正した「決定版」です。

編集協力　澤島優子
地図制作　木村弥世

湯島ノ罠

居眠り磐音（四十四）決定版

第一章　霧子の復活

一

梅の季節から桜の季節へとゆるゆると移り変わろうとするとき、小梅村に珍しい人物が姿を見せた。

陸奥白河藩藩主の松平定信が来訪との知らせが磐音にもたらされた。朝稽古の最中のことである。

思いがけない人物の来訪に磐音も稽古の指導を中断し、尚武館の門前に松平定信を迎えた。

そのとき、直心影流尚武館坂崎道場は改築の最中で、稽古は母屋の庭に建てられた仮道場で行われていた。

「突然の訪いじゃが許されよ」

定信は、一介の道場主ながら先の西の丸家基の剣術指南を務めた坂崎磐音に丁寧な言葉をかけた。

「松平定信様、過日はいささか激した行いをお見せし、ご不快に感じられたことにございましょう。坂崎磐音、赤面の至りにございます」

坂崎磐音は木挽町にあった江戸起倒流鈴木清兵衛道場に乗り込み、鈴木清兵衛に、

「尋常の勝負」

を挑んで相手の必殺技陰陽一技の突きをあっさりと破っていた。

その勝負を前にして、鈴木清兵衛の門弟であった松平定信が磐音に声をかけた経緯があった。ために定信と磐音は面識があった。

「坂崎磐音、予は迂闊にも江戸起倒流の背後に老中田沼意次、意知父子があることを知らなんだ」

不快を超えた苦々しい表情で定信が吐き捨てた。

この訪問の前年の天明三年（一七八三）に定信は白河藩松平家の三代藩主に就いたばかり、二十七歳の若さであった。

出自は御三卿田安家初代の徳川宗武の七男として生まれ、幼少の頃から聡明にして才ありと知られていた。田安家を継いだ兄が病弱にして凡庸だったため、いずれ定信が田安家を継ぎ、将軍家治の後継と目されてもいた。

因みに定信は八代将軍吉宗の孫にあたる。家基はある意味で、十一代将軍の座を巡る競争相手だったともいえた。

定信は才気ゆえに田沼意次の政治手法を、

「賄賂政治」

と批判し、またその才を恐れた意次によって、安永三年（一七七四）、久松松平家の庶流白河藩主松平定邦の養子として遠ざけられた。

定信は一時、意次に対して激しい怒りと憎しみを感じ、短刀を懐に忍ばせて、意次暗殺を謀ったとさえ噂されていた。一方で城中では、田沼父子に敵わずと考えた定信が節を曲げ、膝を屈して金品を贈り、溜ノ間詰めへの昇格を目論んでいるという風説も飛び交っていた。

定信は、そのような因縁のある田沼父子が背後に控える江戸起倒流鈴木清兵衛と師弟の契りを交わしていた己が許せなかった。

白河藩主に就いて半年足らずだが、すでに定信は跡継ぎの頃より定邦の代役を果たしてきた。

折りしも天明の大飢饉の最中、陸奥一円は未曽有の食糧難に見舞われていた。だが、白河藩は会津藩から江戸廻米を買い取り、西国から食料を仕入れるなどしたため、餓死者は他国に比べて少なかった。これは定信の先見の明といわれた。

「道場の改築中か」

定信はがっかりした表情を見せた。

「百姓家を改築した道場にございましたが、近頃手狭になりました。そこでかように拡げている最中にございます。稽古は道場裏手の仮道場にて行っております」

「おお、そうであったか。坂崎どの、予の見学を許してくれぬか」

「板屋根を葺いただけの壁もなき道場にございます」

「かまわぬ」

「ならば案内申します」

定信は供侍を四人ほど連れていた。おそらく他の供は船着場に残しているのであろう。

尚武館の改築は佳境に入り、すでに天井板、壁、床板は外され、道場を拡げる北側と南側に何本もの丸柱が補強されていた。

青紅葉の楓と竹の林を抜けると泉水の南側に接して仮道場が建ち、百人余の門弟たちが打ち込み稽古に余念がなかった。また仮道場には神棚が移され、簡易な見所があって、この日、奏者番の速水左近が見物していた。

速水は磐音が案内してきた人物に気付き、床几から立ち上がると、

「松平定信様、ようこそおいでくださいました」

と挨拶をなした。

「おお、速水左近どのは尚武館の剣友であったな」

「亡き佐々木玲圓先生の頃より、身内同然の付き合いにございます」

「甲府勤番、ご苦労にござった」

定信が言外に田沼父子のことを匂わせながら、速水を労った。

「上様の御命に従うのが幕臣でございます」

速水はにこやかな笑みとともに定信の言葉を躱した。

「上様のご意向なれば、いかにも致し方なきこと。じゃが、どなたかが幕政を壟断しておられる」

速水は小さく頷き、尋ねた。

「定信様、尚武館当代の技量を確かめにおいでになりましたか」

「速水どの、過日、木挽町の江戸起倒流道場で坂崎磐音の神技、とくと検分し申した。道場主の業前は承知しておる。本日はただの見学じゃ」

「定信様は剣術に殊の外関心を寄せておられるとお聞きしております。見物だけでは退屈にございましょう。稽古をなされませぬか。それとも仮道場では不都合にございますかな」

「速水どの、仮道場とてなんの差し障りがあろうか」

「ご家来衆、お着替えは母屋を使うてくだされ。定信様、女房がおりますゆえ、なんなりとお申し付けくだされ」

磐音に言われ、その気になった定信が家来を引き連れて母屋に向かおうとした。

「それがしがおこんを引き合わせよう」

速水左近が母屋へ同道することになり、磐音は仮道場に残った。

「速水どの、尚武館は神保小路を引き払うても、なかなかの威勢じゃな」

定信が泉水に架かる石橋を渡りながら速水左近に話しかけた。

「この御寮にございますか。両替屋行司今津屋の持ち物にございましてな。坂崎磐音と今津屋は昵懇の間柄ゆえ、今津屋の厚意にて借り受けておるのです。ここの道場主、金儲けはいたって不器用にございます」

速水が冗談まじりに説明し、

「おこん、白河の殿様が着替えをなさる。真新しい稽古着を出してくれぬか」

と庭先から声をかけた。

縁側では金兵衛と品川幾代が包丁で鏡餅を切っていた。かたわらに空也もいて、その様子を見物していた。ぜんざいを拵えるための作業だった。

突然の来客に平伏したおこんが、空也に、

「白河の殿様にご挨拶をなされ」

と命じた。

「坂崎空也にございます」

空也が縁側で姿勢を正し、一礼した。

「空也と申すか。予は白河の定信じゃ」

と定信が磊落に応じ、

「養父上、ただ今座敷を片付けて参ります」

おこんが奥へと引き下がり、

「速水の殿様、白河の殿様ってどちらの殿様かね」

と金兵衛が速水に訊いた。

「金兵衛どの、白河の殿様は八代将軍吉宗様のお孫様じゃ」

「ひえっ」

と金兵衛がしゃっくりをし、幾代が眼を白黒させた。

「て、大変(てえへん)だ」

「金兵衛どの、今更慌(あわ)ててもしようがあるまい。この家(や)の主(あるじ)どのは裏長屋の住人から御三家の殿様まで顔が広い」

「そ、そりゃそうだけどよ。あ、挨拶したものかね」

「金兵衛どのとやら、挨拶を許す」

へへえ、と金兵衛が畏(かしこ)まり、

「坂崎磐音の女房のおこんは、わ、わたし様の娘御様、いえ、娘にございましてな、宜(よろ)しゅう願い奉ります」

「おこんは、速水どののことも父上と呼んだようじゃが」

定信が気にした。

「おこんは、今津屋で奥向きの奉公をしていた女子(おなご)にて、坂崎磐音と所帯を持つ折り、いったんわが速水家に養女に入りましたゆえ、それがしも一応養父ということに相成ります」

「さようか。坂崎磐音どのの周りには多彩な人材がおるのう」

定信が感心するところに、

「白河の殿様、どうぞこちらでお召し替えを」

おこんが姿を見せて定信に言った。

「おこん、突然の訪問を許せよ」

「殿様、うちの亭主どのには会うたときから驚かされっ放しにございます。どうかこれを機縁にお遊びにいらしてくださいませ」

「おお、遊びに来てよいか」

定信が破顔した。

「城中では気苦労も多うございましょう。そのような折りは小梅村でひと汗流され、ご気分をお変えになるのもようございましょう」

「いかにも城中には気の合わぬ方もおられるでな」

「ほっほっほほ」

と笑ったおこんが、

「私どもも三年余、流浪の旅をして参りました」

「そうか、神保小路の尚武館が潰された後、そなたらが江戸を離れていたには仔細があったか。苦労したのう」

「いえ、そのお蔭で少々のことには驚かぬようになりました。難儀は人を鍛えるものにございます、養父上」

「おこん、それがしが甲府勤番を命じられたことを申しておるか。いかにもあのような機会がなければ、甲府勤番がいかなるものか知らぬまま過ごしておった。江戸からばかり物を見てはならぬな」

「そうか、そうであったか。この坂崎一家も速水左近どのも、かの御仁の策謀で江戸を離れざるを得なかったか。予も白河に飛ばされたでな、われら同類の間柄じゃな」

と定信が笑い、

「おこん、暫時座敷を借りるぞ」

お付きの家来と母屋に上がった定信が稽古着に着替え、再び縁側に姿を見せた。

「殿様、亭主が待っております」

「なに、坂崎磐音どの自ら予に稽古をつけてくれるというか」

「相手不足にございますか」

「速水どの、そなたの養女、物に動ぜぬのう」

満足げに笑った定信が悠々と家来を従え、仮道場に向かった。

「おこん、茶を所望したい」

と速水が言うのへ、幾代が、

「こ、腰が抜けたままですよ。この家は、なんてところでございましょうね。殿様が連れ立って遊びに来られますよ」

「北割下水とはだいぶ違うな」

「金兵衛どの、まかり間違うても殿様なんぞは現れません」

二人の問答を速水が面白げに聞いていた。


道場で磐音は松平定信の剣術を一瞬にして殿様剣法と見抜いていた。

「定信様、直心影流尚武館道場の稽古は、佐々木家先祖が基礎を固め、それがしが流浪の折りに身につけた稽古方法を加えましたゆえ、本来の直心影流とはいささか異なるやもしれませぬ。一言で申せば、きつうございます」

ちょうど門弟たちが短い休憩の間であった。ために仮道場には磐音と定信しかいなかった。

二人は竹刀にて向き合った。

定信の構えは正眼で鷹揚としていた。隙だらけともいえた。

「定信様、どうぞ存分に打ちかかってこられませ」

「よいのか、存分に打ちかかって」

「はい」

「参る」

声をかけた定信がすすっと間合いを詰め、正眼の剣を上段へと振り上げ、思い切りよく磐音の面を叩いた。

定信は自らの竹刀に磐音が面を差し出し、一撃の快感を教えようとした、と思った。

だが、定信の予測は外れた。

磐音は正眼に構えたまま、不動の姿勢を保っていた。

そう定信には思えた。

だが、定信の気付かないところで、磐音はそよりと上体の位置を変えていた。

春風が竹叢を揺らして緩やかに吹き抜けた、そんな感じの変化だった。

定信の放った一撃は寸毫にて外され、空を切った。竹刀の下に磬音の体があると定信は確信していた。にも拘らず竹刀は空を切ったのだ。

(なぜか)

「これはし損じた」

空を切らされた原因が分からないまま定信が洩らし、悠々と磬音に向き直って再び正眼にとった。

「定信様、両眼だけではものの核心は見えませぬ。心の眼を併せ持ち、臍下丹田に力を溜め、一気に吐き出すのでございます。そのような攻めでは身を守ることさえできませせぬ」

「うむ、予の攻めは弱いか」

「覚悟がございません。身を切らせる潔さがございません」

「よし」

定信は正眼に構えて改めて磬音に対峙すると、呼吸を整え、一気に踏み込み、竹刀を存分に振り下ろした。

だが、なぜかまた不動の磬音に空を切らされていた。

その後、幾たびも繰り返したが、磬音の体に定信の竹刀は触れることさえできなかった。

　定信は弾む息遣いで、

「不動のそなたになぜ竹刀が届かぬ」

「定信様、物事には核が、芯が必ずございます。その核を打たぬかぎり、竹刀は届きませぬ」

「そなたの体に竹刀は届いておる。にも拘らず触れもせぬ」

「心の眼でそれがしの体の動きを見ておられぬからです」

「なぜかのう。これまでの相手には竹刀が届いたのじゃが」

「それは定信様のご身分を慮(おもんぱか)って、剣術の師もご家来衆も定信様の竹刀に当たりにいったからにございましょう」

「予が打ったのではのうて、相手が打たれに来たと申すか」

いかにも、という磐音の返答に定信は首を傾(かし)げて思案した。

　磐音は定信の息が戻るのを待って言った。

「得心がいきませぬか。定信様、速水左近様の次男がうちの門弟におりまする。道場の門弟の中ではまだまだ新入りの技量にございます。立ち合うてごらんなされませ。定信様の力が知れましょう」

「速水どのの倅は新入りじゃと。坂崎磐音、予は十数年の剣術の経験があるぞ」

「ならば速水右近どの、定信様と立ち合いを」

磐音が命じたとき、父親の速水左近も仮道場に戻ってきた。そのかたわらには定信の家来衆四人が険しくも不安げな顔で立ち、主と尚武館道場の若い門弟との立ち合いを見守っていた。

「ご指導のほどを」

と願った右近は正眼に竹刀を構え、それを確かめた定信が自らも正眼にとった。

定信と右近はほぼ同時に仕掛け、定信は面を、右近は胴を打ちにいった。

ばしり
と鈍い音が響いて定信の体が横手に吹っ飛んだ。

「と、殿」

定信の家来が動こうとするのを速水左近が手で制し、

「道場内のことは道場主の指導下にござる」

と厳しく宣告した。

転がった定信が必死で上体を起こしたが、立ち上がりきれず胡坐をかいた。

「なぜじゃ」

「定信様、真の剣術に出会われたことがなかったからにございましょう。定信様の御身を案じて、手柔らかな稽古をなしてきたツケにございます」

ふうっ

と定信が息を吐き、

「坂崎磐音、今からでも真の剣術を学ぶことができようか」

「おできになります」

「予が尚武館に稽古に来てもよいか」

「打たれる覚悟がございますれば」

「ううーん、真の剣術は厳しいのう」

定信はそんな言葉を洩らしたが、機嫌は悪くなかった。

二

霧子（きりこ）の体調はほぼ回復していた。

未だ尚武館の稽古には参加していなかったが、磐音との稽古を積みながら、体力を戻す運動を独り黙々と続け、時に尚武館から姿を消して一刻（二時間）後に汗みどろで戻ってきた。また半日姿を見ないこともあった。

「霧子、焦って体を苛めてはならぬ。そなたには幼い頃からのいろいろな力が備わっておる。今はただその力がうまくかみ合わぬゆえ、苛立ちもあろうが、かような折りは初心に返ってな、体の細部の動きを一つひとつ確かめるようにゆっくりと回復させていくのじゃ」

磐音が忠言し、霧子も道場では磐音の言葉を守って、手足の指先や膝、肘の屈折伸長の動作を独り黙々となした。だが、道場の外に出ると、隅田川の川岸や湿地を走り回り、自ら体の回復具合を確かめた。

そして、ある夜、忍び衣装を身に付けると、霧子は独り長屋を抜け出した。その気配を察したのは師の弥助だけだった。

その夜から霧子と弥助は小梅村から姿を消した。

次の日、重富利次郎は朝稽古の始まりのとき、二人の不在に気付いていたが、口にはしなかった。だが、稽古が終わっても二人の姿はなく、利次郎は、

「辰平、どうしたことであろうか」

と不安げな顔で尋ねた。

「弥助様もおられぬ。ひょっとしたら、二人して御用に出られたのではないか」

「霧子はまだ体が回復したとはいえまい。若先生が御用を命じられるならば、われらにそう申されぬか」

「いや、近頃は動きに切れが出て、元の霧子に戻ったと感じることがある。ともあれ御用ならば、若先生が承知であろう。利次郎、直(じか)に訊いてはどうだ」

「訊いてよいかのう」

いつもの利次郎とは思えないほどに躊躇(ちゅうちょ)した。

「よし、代わりにそれがしがお訊きする」

松平辰平が磐音にそのことを質(ただ)した。だが、磐音も首を振り、

「それがしも弥助どのと霧子の姿がないことに気付いておった。だが、こたびの不在はなんの相談も受けておらぬ」

「ひえっ、まさか二人が勾引(かどわか)しに遭(お)うたということはありますまいな」

利次郎が案じた。

「利次郎、あの二人が尚武館の敷地の中で容易に勾引されるはずがなかろう。当然騒ぎが起こり、白山(はくさん)が吠(ほ)え立て、われらが眼を覚ます。だが、そのような異変はなかった」

と辰平が言い、

「二人の考えか、どちらかの意志により出かけられたのであろう。案ずることもあるまい」

磐音も利次郎の不安を打ち消すように言った。

「若先生、出かけるとはなんのために、どちらにでございましょう」

利次郎は不安を拭(ぬぐ)えぬのか、さらなる問いを発し、磐音はしばし沈思(ちんし)した。

「霧子が体力の回復を確かめるために雑賀衆(さいかしゅう)の険しい試練を自らに課し、それに気付いた弥助どのが密(ひそ)かに尾行していかれたか。ともあれ二人が帰るのを待つしかあるまい」

「いつ戻るのでございますか」

「はて、それればかりは二人が決めること」

「帰ってきますよね」

「二人の家はこの尚武館じゃ。必ずや戻って参る」

磐音の言葉に利次郎が少し安心した表情になった。

だが、二日が過ぎても、弥助も霧子も戻る様子はなかった。

「辰平、二人は戻ってこぬし、連絡(つなぎ)もないではないか」

「ないな」

「ないな、などと呑気な返答をするでない」

「ならばどう返事をすればよい」

「朋輩甲斐もない奴じゃ。春とは申せ、夜分は冷えよう。病み上がりの体では霧子とてこたえよう」

「利次郎、霧子の力を信じよ。弥助様の知恵と経験を考えよ。二人は並みの人間ではないのだぞ。この不在にはなにか理由がなければならぬ。そのために小梅村に戻ってこられぬのだ」

「だから、不在にする理由をおれは知りたいのだ」

「ここは我慢の刻ぞ」

辰平が忠言したが、利次郎の不安は拭いきれなかった。

そんな二人の様子を磐音も見て、なにが話されているか察しはついた。だが、言葉のかけようもなく道場から母屋に戻った。

この日も金兵衛が姿を見せていた。

「舅どの、近頃精勤にございますな。お長屋の差配を疎かにしておられませぬか」

磐音はこちらを案じた。

「私もお父っつぁんに何遍も言ったのよ。だけど長屋の皆さんは、大家がいないほうが長屋はうまくいく。肥汲みだろうと、店賃の受け取りだろうと差配に代わってちゃんとやっておくから、小梅村に孫の顔を見に行ってこいと言うんだって」

おこんが金兵衛の代わりに答えた。

「そろそろ御用納めをなされたらいかがにござるか」

「隠居して小梅村に越してこいと言うのかえ」

「そういうことにございます」

「そうだな、そうすれば毎日空也と睦月の世話ができるものな」

と思わず呟いた金兵衛が急に激しく顔を横に振り、

「いけねえいけねえ。そんなこっちゃ人間いけねえ。易きに付かず死ぬまで働く、これが深川六間堀の人間の身上だ。それによ、婿どの、おこん、夫婦だって毎日顔を突き合わせていたらよ、必ず飽きがくる。その点よ、妾なんぞは七日に一度、十日に一度の割で顔を合わせるから、互いの気持ちが高ぶってよ、久しぶりに会ったとき、むしゃぶりつきたくなるんだよ」

「やめて。孫に会う譬えにいくらなんでもお妾さんを出さないでください。そんなふうなら小梅村には出入り禁止よ」

「ばかをぬかすな。娘が実の親を出入り禁止だと、ちゃんちゃらおかしいや。なあ、婿どの」

「舅どの、妾をお持ちでございましたか」

「この金兵衛がか、そんな甲斐性が深川の裏長屋の差配にあるものか。先立つものがまずない」

「死んだおっ母さんに隠れて、精々吉原通いよね」

「おう、その程度だ。ああ、孫の前でなんてことを言わせるんだ、おこん」

と言うところに仮道場から一人の客が母屋に向かって姿を見せた。

磐音はその人物に覚えがなかった。

法被（はっぴ）を着て、片襟（かたえり）に、

「読売ふうし屋」

もう片方に、

「江戸亀井町一丁目」

と染め抜かれていた。

「尚武館の若先生、門弟衆が増えたそうな。商い繁盛でなによりでございます。

手前、和蔵と申します」

　と挨拶した番頭風の男が、

「おこん様、本石町の菓子舗瑞月の大福にございますよ」

　と手土産を差し出した。

「和蔵さん、恐れ入ります」

　おこんは顔見知りの様子で訪問者に挨拶し、ただ今お茶をと磐音に言い残しながら、金兵衛と空也を連れて台所に引っ込んだ。

　突然読売屋が姿を見せた背景にはなにか話があると思ったからだ。またおこんも、弥助と霧子が不意に姿を消したことを気にしていた。まさかとは思ったが、ふうし屋の番頭の訪いを二人の不在と結び付け、おこんも不安を感じていたのだ。

　縁がまちに腰を下ろした和蔵が、

「夏前には改築が済むそうな。銀五郎棟梁から話を聞きました。お目出度い話ではございませんか」

「和蔵どの、広くなったとて神保小路の半分ほどにござる。まあ、今のそれがしにはちょうどよい道場ともいえるがな」

「一時、木挽町の江戸起倒流が門弟三千人と、まるで吉原のように威勢を誇っておられましたが、どなたかが道場主鈴木清兵衛様の化けの皮を剝がされ、以来、落ち目の一途だそうですな」

「道場主が代わられたと聞いたが」

和蔵がなんの用事で訪ねてきたか推測がつかず、磐音も当たり障りのない言葉で応じた。

「それでございますよ。新しい道場主の山野井寛庵なる人物、未だ道場に姿を見せていないそうで、道場は寂れるばかりだそうです」

和蔵が磐音の顔を見た。

「読売屋の番頭どの、なんぞうちに御用でござるか」

磐音から誘いをかけた。

「いえいえ、本日は仕事というほどではございませんでな、小梅村の尚武館坂崎道場が木挽町に代わって活気があるというので、見物に上がったのでございますよ」

「折角じゃが、稽古の刻限は過ぎておってのう」

「普請場から、仮道場の稽古は見せてもらいました。棟梁の銀五郎親方とは昵懇の付き合いにございましてな」

「そうでござったか」

「なかなか稽古に熱があって、さすがは直心影流尚武館佐々木道場の後継坂崎磐音様の道場と感心いたしました」

「読売屋に褒められて、なんとのう不安が生じた」

はっははは、と和蔵が笑い、

「いえね、米沢町の両替屋行司今津屋の大番頭由蔵さんにはこれまでお世話になっておりましてね。久しぶりに顔を合わせ、四方山話をしているうちに、そのようなことならば小梅村を訪ね、坂崎磐音様にお目にかかるよう言われたのでございますよ」

「どのようなことでござろうか」

「噂にございますがね、うちとはいささか関わりのある闇読売が、近々奇妙な話でひと稼ぎするそうなんでございますよ」

「闇読売とは初めて聞く言葉じゃな」

「へえ、私どもが火事、心中、敵討ちなど評判物などを刷り物にしてやっている分には、お上はなにも文句はつけませんや。ですがね、政への批判、幕閣のあれこれ、異国船の来航なんぞをまともに取り上げた日には、たちまちお取り潰し、商い停止となります。そこでお上の制裁を避けるために、風刺やら見立てで文章を書いて、言質をとられないようにする。そして読み手も文章に書かれた裏を読んで、私どもの意図を悟るのですがね、それでもどうにもならないことがある。ただ今の老中田沼意次様、若年寄田沼意知様の言動なんぞは、風刺の判じ物でも厄介にございましてな、まずまともな読売屋は動きがつかない。そこで読売屋の正体を隠し、世間に流す読売がございます。むろんこの闇読売は売れません、ためにお金はとれない。この闇読売にはなんぞ書かせたい人間が金を出し、世間にただでばら撒くのでございますよ」

「そのような読売を闇読売と呼ぶのか」

「へえ」

「風刺の相手は田沼様父子かな」

「坂崎様、心当たりがございますか」

「最前、そなた、本日は仕事ではないと言わなかったか」

「いかにもさようでございます、仕事ではございません。ですが、真相を摑んでおくのはわたしらの仕事、その折りが参ったときには前々からの調べが効くんでございますよ。なんでも先手必勝ではございませんか」

「それがしの剣風は受けの剣でな、先手はよほどの折りでないと使わぬ」

「江戸起倒流鈴木道場の凋落の原因となった坂崎磐音様と鈴木清兵衛様の戦いは、受けの剣どころか火を噴くような攻めの剣であったと聞いておりますがな」

「それがしと鈴木どのとの対戦、剣術家同士の尋常な立ち合いであった」

「だが、受けの坂崎様が攻めの剣で対決されたには、門弟を毒矢で傷つけられたことが因であったそうですな」

「時世のすべてを承知のそなたが小梅村を訪れた理由が今一つ判然とせぬが」

と磐音が話を躱した。その問いに答えようとはせず、

「心当たりがございませんか」

と和蔵が念を押した。

　磐音は腹を割ることにした。

「新番士佐野善左衛門政言様がことか」

「いかにもさようにございます」

「それがしもさような話を耳にせぬではない。過日も浅慮は慎むようにと忠言した覚えがある。それで得心してもろうたと思うたがな」

　いえいえ、と和蔵が首を横に振った。

「それがどうやらぶり返したようでございましてな。われらの仲間のところに佐野様の用人どのが売り込みにみえられたそうな」

「もしそのような闇読売が撒かれれば、闇読売を通じて佐野善左衛門様まで辿（たど）れるものであろうか」

「闇読売は、ただ銭が欲しくてそのような一発勝負に出るのでございますよ。出した途端に尻（しり）に帆掛（ほか）けて江戸から逃げ出し、しばらく上方（かみがた）あたりでほとぼりを冷ましましょうな」

「となれば佐野様には辿り着けぬ」

「坂崎様に読売屋風情（ふぜい）が説教するようで烏滸（おこ）がましいのでございますが、老中と若年寄父子の権勢は絶大にございます。あるいはすでに佐野様には田沼様の密偵が張り付いていることも考えられます。早晩探り出されましょうな」

和蔵が言い切った。

「となれば佐野様は切腹、お家は断絶」

「間違いないところにございます」

「闇読売を止める手立てはあろうか」

「さあて」

和蔵が首を捻った。

「たとえばそれがしが闇読売にいくらか金子を上乗せしたとしたら、どうなる」

「盗人に追い銭、佐野家から金子を受け取った上にこちらからも金子を受け取る、二重取りして江戸を逃げ出す。まあそんなところでしょうな」

磐音は思案した。長い沈思になった。

その間におこんが和蔵と磐音に茶菓を運んできて、黙って姿を消した。

和蔵が茶を喫し終えたとき、磐音は冷めた茶に手を伸ばした。

「このまま闇読売に書き立ててもらおう」

「よいのでございますか。佐野様にも当然差し障りが考えられます」

和蔵の言葉に磐音が頷き、茶で喉を潤すと、

「浅草田原町に『世相あれこれ』なる読売屋がある。主は酒匂仁左衛門と称して、元黒鍬之者との噂もある。同業ゆえ、承知であろうな」

と話柄を変えた。

「は、はい」

意表をつかれた体で和蔵が磐音の顔を見て、

「同業ではございますが、近頃『世相あれこれ』は老中田沼意次様の御用達読売

「ほう、『世相あれこれ』の主、仁左衛門は老中田沼様に取り込まれましたか。うっかりしておった」

「読売屋の矜持は、巧みな風刺と言葉の裏を読み手に仄めかす工夫にございまして、やんわりとお上を批判するのが本筋にございますよ」

和蔵が言った。

『世相あれこれ』なる読売屋を磐音が知るきっかけを作ってくれたのは、三味線造りの名手三味芳六代目の鶴吉だ。

主の酒匂仁左衛門は武家方の醜聞を事細かに調べ上げ、それを読売にするのではないことを磐音も承知していた。版木に組んだところで、醜聞の相手先に持ち込み、それをネタに多額の金子を強請り取るあくどい手口の読売屋だった。それも武家方が相手だった。

元黒鍬之者らしく探索は綿密で、脅しの手口は強引だ。その脅しに抗し、突っぱねた大身旗本が『世相あれこれ』を江戸で売り出され、これが原因で主は切腹、御家は取り潰しになった。

この一件以来、『世相あれこれ』の悪評判は武家方に定着し、

「触らぬ神に祟りなし」

とばかり、『世相あれこれ』の主の訪問を受けた武家方では金子を差し出して、「円満解決」を図ることに定まっていた。

「坂崎様は酒匂仁左衛門を承知にございましたか」

「面識はござらぬ。されどいささか経緯がござってな、やり口は承知しており申す」

田沼意次の愛妾おすなの実弟五十次は、姉が高野山詣でから帰らぬことを度々田沼屋敷に問い合わせていた。田沼家では厄介ばらいを考え、鶴吉が拵えた三味線を投げ与えて、

「もはや屋敷に訪ねてくるでない」

と追い立てたことがあった。この五十次に目をつけたのが『世相あれこれ』の酒匂仁左衛門だ。

五十次を浅草田原町の家に匿い、田沼意次の愛妾で姉のおすなが行方知れずになった経緯を根掘り葉掘り問い質した。

だが、こんどは強請る相手は老中田沼意次だ。仁左衛門も慎重を期したはずだ。磐音は霧子を『世相あれこれ』に飯炊き女として入れ、探ったこともあった。

だが、磐音は、天明の関前騒動に巻き込まれ、霧子も『世相あれこれ』から引き上げざるを得なかった。ためにこの一件は調べが中途半端に終わっていた。

この間に『世相あれこれ』の酒匂仁左衛門は、老中田沼意次に面会を申し込み、元黒鍬之者は老中の配下に引き入れられ、御用達読売屋に成り下がったのであろうか。

三

再び磐音は沈思したあと、口を開いた。

「佐野様との揉め事を書き立てる闇読売を、『世相あれこれ』の仕業のように工夫できまいか」

ほう、と和蔵が唸った。

「私どもにとって『世相あれこれ』のやり口は、どうにも腹立たしいことなんでございますよ。けれど、仁左衛門の周りには得体の知れない乱暴者がうろついていましてね、どうにも手が出せない。『世相あれこれ』に泣きを見させるのは私どもも大いに賛成ですが、闇読売の知恵と工夫を越えておりますな」

「ゆえに『ふうし屋』さんが手助けして、『世相あれこれ』の手口に見せかけられませぬか。そのようなことはできかねますかな」

こんどは和蔵が沈思した。

「坂崎様は一つに佐野様の短慮を案じておられる」

「いかにもさよう」

「坂崎様、あの御仁、こたび切り抜けられたとしても、そのうち自滅なさる人物にございますよ。ですが、私が気になるのは、坂崎様が佐野様とお付き合いがあることにございます。佐野様一人の自滅で済めばよいが、小梅村が背後で糸を引いているような疑いを田沼様父子に持たれたとき、こちらにまた老中の手が伸びてはきませぬか」

「その恐れはなきにしも非ずでござろう」

正直に答えた磐音だが、尚武館と田沼一派との暗闘は長年にわたってのことだ。今に始まったことではないと思い直した。

「和蔵どの、ゆえに『ふうし屋』の経験と知恵に縋っておる。闇読売のばら撒きで田沼様が怒り心頭に発し、『世相あれこれ』の酒匂一派が田沼様の信頼を失えば万々歳。佐野様のことなどこの際、歯牙にもかけられまい。闇読売が発行されることで、田沼様の怒りの矛先が『世相あれこれ』に向かえばよいのだがな」

磐音の言葉を吟味するように沈思した和蔵が、

「仁左衛門が主の『世相あれこれ』、潰してもかまわぬのですな」

「そのほうがそなたらに好都合なれば」

「そのほかに注文はございますか」

「ござらぬ」

徳川家基、佐々木玲圓、おえいの仇は己の手で決したい。そのときのために佐野善左衛門に軽々に動いてほしくはなかった。これが磐音の気持ちだった。

磐音はおこんを呼ぶと、二十五両を仕度させた。

「和蔵どの、『ふうし屋』の働き賃としては些少(さしょう)と承知しておる。ご覧のとおり道場改築の最中、わが家に余裕はない。すまぬがこの金子で工夫してくれぬか」

「私はこちらに金子を頂戴(ちょうだい)しに来たわけではございません」

「いや、何事も人が動けば金がかかるのは道理にござる。足しにしてくれぬか。われらが同盟を結んだ証(あかし)にござる」

との磐音の正直な言葉に、和蔵が、

「お預かりします」

と潔く包金を受け取り、辞去の挨拶をなした。

庭から今津屋御寮の門へと向かう和蔵の背を見送りながら、

「おこん、話は聞いたな」

磐音が隣座敷に控えるおこんに尋ねた。はい、と答えたおこんが、

「数多（あまた）ある読売屋でも『ふうし屋』は信頼がおける読売屋にございますし、今津屋とも昵懇の間柄、きっと生きた金子の使い方をしてくれるものと思います」

「そうあればよいがな」

頷いたおこんが立ち上がりかけ、

「弥助様と霧子さんはどこへ行かれたのでございましょう」

と不安な胸の内を吐露した。

「なんとのうじゃが、二人は御用を務めておるような気がしてならぬ」

「霧子さんは大丈夫にございましょうか」

「かたわらには必ずや師匠の弥助どのがおられるはず。二人して今日明日にも戻ってこられよう」

おこんが頷いて、

「いつもより遅くなりましたが、膳（ぜん）の用意ができております。こちらにお持ちし

ますか」

「舅どのはどこで食べておられる」

「台所が気楽と、空也や辰平さん方と一緒に食べております。やはりお父っつぁん独りで暮らしていくには、いささか歳をとり過ぎたような気がします」

「そうじゃな、うちならばいつなりとも舅どのを引き取ることができる。おこん、とくと話してみよ」

「お父っつぁんたら、私の言うことは聞かないもの」

「ならば折りを見て、それがしが舅どのに話してみようか」

「そう願えますか」

磐音が頷くと縁側から廊下に上がった。

小梅村から消えた弥助と霧子の姿は、日光御成街道の岩槻宿にあった。

霧子が夜中に動いたことに奇異を感じた弥助は、旅仕度をなすと尾行を始めた。

長年の密偵暮らしだ、いつ何時でも飛び出せるように旅仕度は整えていた。むろん弥助は、霧子が長旅をするなど端から考えていなかった。自分の体力の回復を知るために何日かの徒歩行で試そうとしていると考えていた。

霧子は小梅村を出ると吾妻橋を渡り、浅草広小路を西に抜けて、新寺町通、下谷車坂町、金杉村、飛鳥山下から赤羽根へと出た。すべて走り通してのことだ。

弥助とて必死の追跡行だった。

岩淵宿の渡し場に着いたとき、弥助はへとへとだった。だが、なんとなく弥助は霧子の行き先を察していた。

明け六つ（午前六時）一番の渡し船に乗り、霧子は独り向こう岸に渡り、弥助は二番船に乗った。

この道筋は将軍家が日光社参に使う御成街道だった。川口、鳩ケ谷、大門、そして岩槻宿を経て、幸手にて日光街道と合流するのだ。

この岩槻が霧子の目指す地だと思った。

弥助は、年明けに大井川で待ち伏せして見付けた佐野善左衛門に、遠州相良城下を訪ねれば命が危ないことを懇々と諭した。

佐野は弥助を坂崎磐音の配下の者として承知していた。

だが、大井川で待ち伏せていた弥助の言葉を素直に受け取ったわけではない。

弥助は、田沼意知には佐野を御小納戸頭取に就けさせるつもりなど毛頭ないこと、それよりも佐野の口を封じるために腕が確かな剣客まで待機させて領地相良に呼び寄せたのだと、縷々説明して、なんとか得心してもらった。

霧子はこのことを承知していた。

弥助は川口宿から並み足に戻した。

弥助は川口宿外れで飯屋に入った。朝飯を注文し、相手をしてくれた婆さんに、

「婆さん、今から四半刻（三十分）前、地味な形の娘がこの店の前を駆け抜けたか、あるいは立ち寄って握り飯を注文しなかったかえ」

「おや、どうして承知かね。顔に汗をかいた娘さんがさ、握り飯を二つ注文して銭を払い、そそくさと出ていったよ」

「娘はなにか喋ったかね」

「いやさ、握り飯を頼むとき以外、一切口を開かなかったね。見れば整った顔立ちだ。どこぞの遊郭から逃げ出してきた女郎さんかね」

「まあ、そんなところだ」

弥助は答え、身欠き鰊の煮つけと大根の千切りが具の味噌汁で朝餉を済ませ、再び御成街道に出た。

これで霧子の行き先ははっきりしたと思った。

弥助はあれこれと考えながら、鳩ケ谷、大門を過ぎて岩槻城下外れの曹洞宗足

柄山東林寺の北側を流れる元荒川の土手に到着した。東林寺は、平林寺が寛文三年（一六六三）に岩槻から野火止宿に移転して五十余年後に旅の修行僧諒全によって開基された寺だという。

霧子は雑賀衆下忍の中で育った娘だ。山中で生き抜く術、強靭な五体、戦う能力を身に付けていたが、探索する術は知らなかった。

このことを教え込んだのは弥助だ。

だから、霧子が初めての土地の岩槻を目指し、狙いの相手にどう近付いていくかを弥助は承知していた。

岩槻藩は武蔵国の埼玉、足立郡を中心に数か所に散在する領地を有した譜代の中小大名だ。

江戸の背後の護りとして、老中など重職大名が目まぐるしく代わって支配した。だが、宝暦六年（一七五六）に若年寄大岡忠光が将軍家重の側用人となって二万石で入封し、ようやく岩槻藩支配が落ち着いた。

大岡忠光は名奉行として知られた大岡忠相の縁者であった。

知行三百石の旗本の家に生まれた忠光は十六歳の折り、十四歳の徳川家重の小姓に付き、家重が九代将軍になると御用取次になった人物でもある。

宝暦四年（一七五四）には若年寄に昇進し、家重の曖昧にして言語不明瞭な言葉を解するのは忠光一人であったという。さらに忠光は奥勤めをしながら若年寄を務めるという奥と表の重職を兼務した。

家重の言葉を代弁する忠光に幕閣のだれしもが注意を払った。家重の側近としての大岡忠光の、

「絶大な力」

をだれよりも田沼意次が注視していた。

忠光は権力に執着することなく二年後の宝暦六年には側用人になり、若年寄を辞去して奥勤めに戻った。

田沼意次はこの大岡忠光の兼職を真似て、奥、中奥、表と江戸城中に門閥を形成し、絶大な実権を握った人物であった。

弥助が岩槻に到着したとき、大岡忠光から忠喜を経て、忠要の治世下にあった。忠喜も忠要も奏者番を務めた人物だ。

老練な密偵の弥助はこの岩槻には馴染みがあった。

安永五年（一七七六）の家治の日光社参の折り、家基の日光微行に従った坂崎磐音とともに影警護を務めていた。ために岩槻城下に一夜宿泊したことがあった。

またつい先日も、ある人物とこの岩槻を訪ねていた。

その人物とは、東海道の大井川で待ち伏せして連れ帰った佐野善左衛門政言であった。

弥助の忠言に従い、佐野は江戸屋敷には帰らず、しばらく身を潜める場所としてこの岩槻を選んだのだった。

新番士佐野が若年寄田沼意知から遠州相良に呼び出されたのは、御小納戸頭取に決まったという甘言を信じてのことだった。だが、その実、佐野は相良城下で口を封じられようとしていた。

となれば、佐野を江戸の屋敷に連れ戻してもその身が危ない。そこで東海道を江戸に向かう道中、佐野と話し合い、親類縁者が岩槻にいることを聞き出して、しばらくそこに身を隠すようすすめたのだ。その手配りをしたのも弥助だから、とくと承知していた。


元荒川に黄昏(たそがれ)が迫っていた。

弥助は東林寺を遠くに望む元荒川土手で霧子の姿を見付けた。霧子が岩槻に到着して二刻（四時間）後のことだった。

「霧子」

と呼びかける弥助に霧子が振り返り、

「やはり師匠でしたか。この半日、気配がないので違うかなと思っておりました」

と返事をした。

「おまえを探索方に仕立てたのはこの松浦弥助だぞ」

「はい」

「新番士佐野善左衛門様は、この岩槻で大人しゅうしておられるか」

霧子は磬音しか知らぬ事実を承知していた。探索方に仕立てた師匠が弟子に出し抜かれたのだ、弥助は致し方あるまいと、そのことには言及しなかった。

「東林寺裏手の佐野様の隠れ処まで近寄れません。田沼一派らしき見張りがついております。ゆえに佐野様がおられることだけはたしかと思えます」

「なに、わしがこちらに同道した折りはそのような気配はなかったがな」

「あれこれ考えますに、佐野様が江戸の屋敷に書状を届けられ、それを田沼一派に掠め取られでもしたのでしょう。ゆえに岩槻潜伏が突き止められたかと思います」

「なるほど」

と得心した弥助は、

「見張りは何人か」

「古馴染みを含めて四人ほどにございます」

「古馴染みじゃと」

「浅草田原町の読売屋『世相あれこれ』に飯炊きとして私が入り込んだことを覚えておられますか、師匠」

「忘れるものか。田沼の愛妾おすなの弟五十次が『世相あれこれ』にとっ捕まって、高野山詣での一件をあれこれと喋らされたんだったな」

「はい。その時期、折りも折りおこん様に二人目のお子、睦月様が生まれたり、豊後関前藩の騒ぎがあったりで、動きを見せない浅草田原町の見張りをつい後回しにしてしまいました」

「そうだった。わしもうっかりと『世相あれこれ』の一件を忘れておった。あやつら、五十次を餌に田沼に脅しをかけたかね。それほどのタマとも思えないがな。なにしろ相手は天下の老中と若年寄の父子だ」

「師匠、ここ数日、体慣らしに浅草田原町界隈を歩いて、『世相あれこれ』のことを探っておりました」

「霧子がそのようなことをしていようとはな。で、なんぞ分かったんだな」

「はい。五十次はあれ以来、『世相あれこれ』に飼い殺しにございまして、いまでは一端の顔で読売屋を務めております。その五十次を見張っておりますと、近くの飲み屋に兄貴分の辰吉(たつきち)らと姿を見せることが分かり、どうやら『世相あれこれ』は田沼一派の配下に引き入れられて動いていることが分かりました。『世相あれこれ』の主は元黒鍬之者、老中田沼様と手を組んだほうが儲けが多いと踏んだ様子なのです」

「そうか、主は酒匂仁左衛門といって、わしと同じような出であったな」

「飯炊きに入っていた折り、主の仁左衛門の顔を見ることはございませんでした。よほど用心深い人間のようでございます」

「霧子、なぜ、その話を若先生なり、わしにしなかった」

「申し訳ございません。はっきりとしないこともありますし、病み上がりに勝手なことをしてとお叱(しか)りを受けるようで、もうしばらく調べてからと思ったのです」

「霧子、だれもがおまえの身を案じているんだ。かような勝手は許されることではない」

「はい。どのようなお叱りもお受けします」

霧子に素直に詫びられた弥助は、話を元に戻した。

「佐野様の身辺を『世相あれこれ』の連中が見張っているのだな」

「私より半日ばかり前にこの岩槻に到着していたかと思います。辰吉、五十次、それに懐に匕首を隠し持ったと思える無頼者が二人ほど、東林寺裏の百姓家を見張っております。佐野様をはっきりと認めるにはもう一日、二日かかるかと」

「佐野様を認め次第、江戸に連絡を入れ、刺客を岩槻に呼び寄せる算段か」

「まずはそのようなところかと」

「遠州相良の待ちぼうけを武蔵国岩槻で返そうというつもりだろうが、許せるものか。よし、霧子、頃合いもよし、そろそろこの界隈も黄昏から宵闇に変わる。奴らの塒は突き止めておるのだな」

「はい。曲輪前なる城下の旅籠に投宿しております」

「まずは東林寺に潜り込もうか」

弥助が行動を決めた。

東林寺は平林寺の遺構百数十間四方に、空堀と土塁に囲まれてあった。その昔、平林寺時代に僧兵が詰めて寺領を守った名残りだった。

二人はあっさりと空堀を越え、土塁をよじ登って、東林寺の境内に侵入した。

弥助も佐野善左衛門を縁戚の佐野草右衛門方に伴った折りに、この界隈のことを調べて江戸に戻ったゆえ、とくと承知していた。

百姓と人形造りを兼ねた佐野家は東林寺の西側に接してあった。

二人はたちまち境内の鬱蒼とした樹木と闇に隠れて佐野家を見ることのできる塀に辿り着いた。

四

師弟は闇夜に眼を光らせた。

すぐに闇に潜む怪しい影を二つ見付けた。閉じられた長屋門の内側の暗がりに不審な気配があった。もう一つは、佐野家の東側に建つ土蔵のあたりだ。

「はて、どうしたものか」

「奴らは、佐野様がいるかどうか、なんとしても今夜じゅうに確かめたいのでございましょう」

「霧子、見張りは二人だけか、それとも四人か、わしが確かめてこよう。始末はそのあとのことよ」

弥助が言い残して姿を消した。

まず東林寺の土塁を乗り越えた弥助は空堀を渡り、佐野家の土蔵前にいる人影を確かめた。

五十次と思えた。

寒いのか、ぶつぶつ独り言を言いながら足踏みをしていた。

弥助は、五十次の独り言が聞きとれるところまで密かに近寄った。すると、

「火を付けるなら夜中じゃなくてもいいじゃないか。さっさとやるがいいや。火事で外におびき出して、佐野なんとかの面を確かめて、江戸に知らせればいいんだよ」

という言葉が耳に入ってきた。

さらに時が進み、寒さが増した。

五十次はふと思いついたように土蔵の扉に手をかけて手前に引いた。すると、

「おっ、錠がおりてねえのか。早く気が付くんだったな。蔵ん中はきっとあったかいぜ。そうしよう、辰吉の兄いに知られないようにしなきゃあな」

と言いながら蔵に入った五十次が、

「ひえっ、人がいる」

と驚きの声を上げ、立ち竦(すく)んだ様子があった。それでも逃げ出すことなく蔵の中でじいっとしていたのは、体が金縛りに遭(あ)って動かなかったからだろう。だが、意を決したように用意していた火種で蠟燭(ろうそく)に火を灯(とも)し、蔵の中を確かめた。

「なんだ、人形か、驚かすねえ」

と呟いた。

どうやら蔵は佐野家の内職の人形の保管場所のようだった。

弥助は岩槻が人形造りの発祥になった謂(いわ)れを承知していた。

寛永(かんえい)年間（一六二四～四四）、三代将軍家光(いえみつ)は、神君家康(いえやす)を祀(まつ)る日光東照宮の造営にあたり、諸国から優れた職人や匠(たくみ)を日光やその周辺へ集めた。

岩槻は日光御成街道の一夜目の将軍の御宿であり、この岩槻城下に造営や修復に携わる職人たちが住み、大事業に関わった。そして、造営が終わってもこの土地に残り、暮らしを立てるためにこの界隈に多く植えられた桐材で簞笥(たんす)を造り始めたという。

そんな職人の中に人形造りもいた。

　また元禄(げんろく)十年（一六九七）、京の堀川(ほりかわ)の仏師恵信(けいしん)が旅の途中にこの岩槻城下で病に倒れ、時の藩主小笠原長重(おがさわらながしげ)の藩医の治療を受けて回復した。

　恵信はこの地の人情にほだされて岩槻に住むことにした。

　この仏師が目をつけたのが人形作りに使う桐粉だった。恵信は桐粉をしょうふ糊で練りかためて、人形の頭を造る技をこの地に伝えた。

　岩槻の水は胡粉(ごふん)の溶解にも発色にも最適であったそうな。

　こんな経緯が重なり、岩槻は諸国に知られた人形造りの町になった。

　そして、こうした桐塑頭(とうそがしら)の技法が岩槻の下級武士や農家の内職に受け継がれていったのだ。

　佐野草右衛門家は中農だったが人形造りも生業(なりわい)にし、雛(ひな)人形、武者人形などを造っていた。

　五十次はその人形を見て、驚いたのだ。

　新たな人の気配がした。

「なにしてやがる、蠟燭なんぞ灯して」

「あっ、辰兄い、蔵の扉が開いてたんだよ。で、中に入ったら武者人形がおれを睨(にら)んでやがって、人間かどうか確かめようと蠟燭を灯しただけなんだよ」

「気付かれたらどうする」

「この刻限、寝込んでるぜ。早いとこ、火付けして佐野って侍を確かめてよ、江戸に戻ろうぜ。そいつだって、この家が焼けたら江戸に戻るしか手はないもんな」

「あいつら二人と、あれこれ話したんだがな、夜半過ぎに母屋の裏口と表口から火を付けてよ、皆殺しにする。そのほうが万事手っ取り早いと決まった」

「皆殺しって、子供もか」

「ああ、死人に口なしだ。佐野屋敷に届いた善左衛門からの書状を盗み見て、ようやくここを割り出したんだ。ここでけりをつけちまえば、木挽町も安心しなさるだろうし、おれたちもご褒美をたんまり頂戴できるってもんだ」

「皆殺しな、ちょいとむごかねえか」

「できねえっていうのか。おめえ、未だうちの稼業が分かってねえな。読売で家業を潰し、切腹に追い込むのがおれらの仕事だ。人殺しなんぞにおたおたしていると、てめえから突き殺して元荒川に叩き込むぜ。どうするよ、五十次。てめえには田沼様の妾だった姉さんはもういねえんだよ」

「や、やる。お、おれ、江戸に帰りたい」

五十次が声を絞り出した。

「夜明け前にはおさらばよ」

辰吉が五十次に言い、さらに、

「あいつら二人、このおれだって気味が悪いぜ、火付けが道楽ってんだからな。これまで火付け、人殺しは数えきれねえってよ。どこで見つけてきたか、うちの旦那(だんな)の酒匂仁左衛門様は肝(きも)っ玉が据わっていなさるよ。老中と若年寄の父子を手玉にとって荒稼ぎしようってんだからな」

「木挽町にきっかけを作ったのはこのおれだぜ。少しはこっちのことも大事にしてもらいてえな」

「この仕事がうまくいくかどうかで、こっちの待遇も変わってくる。五十次、あいつら二人が表口、おれとおめえが裏口だ。油をかけて一気に燃え上がらせるぜ。火を付けたら、家から逃げ出してくる野郎を叩き殺す」

ごくり、と五十次が唾(つば)を飲み込む音がした。

「どうした、五十次、てめえから始末してやろうか」

「兄い、あ、油ならこの蔵にもあるぜ。そ、それを教えたかったんだよ」

「おあつらえ向きだ」

と話し合った辰吉が残りの仲間のところに姿を消した。

弥助は霧子の待つ東林寺へと戻っていった。


夜半九つ（十二時）の時鐘が岩槻陣屋から聞こえてきた。

弥助は佐野家の表玄関に、そして、霧子は裏の勝手口に潜んでいた。

弥助は霧子なしに四人を一人ずつ始末していこうと考えた。だが、霧子はもはや御用を務める体に回復して大事ないと師匠に願った。

「師匠、血腥（ちなまぐさ）い男どもを許してはおけません」

霧子の言葉にしばし考えた弥助が、

「分かった。霧子の手を借りよう」

「はい」

「だがな、五十次はただのちんぴらだ。あやつを生かしておいたところで大した邪魔にもなるまい。始末するのは残りの三人だ」

弥助は東林寺の墓地にあった崩れかけた土饅頭（どまんじゅう）に眼をつけ、寺の納屋から鍬を持ち出して土饅頭を掘りおこした。すると何年も前に土葬され、骨だけになったうろが現れた。

合掌した弥助は、

「ちょいと新仏を三つばかり投げ込みます。よしなに地獄の閻魔様のもとに道案内してくださいな」

と願った。

弥助と霧子は表口と裏口に分かれて、火付けをして一家を皆殺しにしようという四人組の到着を待ち受けた。

九つの時鐘から四半刻が過ぎた頃、霧子は闇の中に種火が光るのを見た。種火が消えぬように火縄を振り回しているのは頬被りをした辰吉のようだ。

五十次は油の桶を提げ、藁束を小脇に抱えていた。

裏の勝手口に近付いた五十次は油の桶を地べたに置き、小脇の藁束を勝手口に積んだ。

「やっぱり皆殺しか」

「この期に及んでご託をぬかすな」

辰吉は五十次を叱りつけ、火縄を振り回した。

掌にいくつかの鉄菱を握った霧子は、気配を殺して潜んでいた場に立ち上がった。

闇が微かに揺れた。

その気配に、辰吉が振り向いた。

「おめえは」

黒手拭いで覆面をし、忍び装束の霧子の手から鉄菱が次々に飛び、その一つが火縄の火を消した。そして、暗がりの中で辰吉と五十次の面を次々に打った。

「痛え」

「あ、兄い」

二人が声を上げたとき、霧子が闇を走った。

腰の忍び刀を抜くと、辰吉が匕首を抜いた気配があった。

だが、闇夜での動きは霧子のほうが何倍も素早かった。

ビュッ

辰吉の喉笛を忍び刀が切り裂く音がして、さらに立ち竦む五十次の鳩尾に忍び刀の柄が打ち込まれ、二人はくたくたと倒れ込んだ。

辰吉は絶命し、五十次は意識を失っていた。霧子は五十次を素早く縛り上げ、佐野家の蔵に押し込めると、表に走った。

師匠の弥助が、

「火付け、人殺しが道楽」

という二人組を相手にしていたからだ。

だが、霧子が佐野家の玄関に音もなく駆け付けたとき、二人の無頼者は弥助によって早々と始末されていた。

「霧子、五十次は生かしておいたな」

「はい」

師弟は二人だけに聞こえる忍び声で会話を交わし、

「こいつらの始末は東林寺につけてもらおうか」

と言うと一人の襟首を摑んで引きずっていった。

霧子も師匠を見習い、もう一人を引きずって東林寺の墓地に向かった。

三人の骸を東林寺の墓地の土饅頭を掘った穴に投げ込み、土を戻して踏み固めて新たな土饅頭を造った。

弥助と霧子が三人の骸の始末を終えたとき、夜明けが間近に迫っていた。師匠と弟子は三人を埋めた土饅頭に合掌すると再び佐野家の蔵に戻った。

五十次は人形を仕舞う蔵に猿轡をされて手足を縛られ、横たわっていた。未だ意識は戻らないままだ。

弥助は佐野善左衛門に宛てた書状を佐野家の戸口に挟み込み、岩槻のこの隠れ処が木挽町に知られたことや、一家じゅうを焼き殺そうとしたことなどを認めて、どこか別の隠れ処に移るように忠言した。

その作業を終えた弥助は蔵に転がしておいた五十次を肩に担ぎ、霧子を従え、元荒川の河原にどさりと落とした。

ううーん

と呻いた五十次が意識を蘇らせた。

空が白みかけていた。

「な、なんだ」

五十次が縛られた体を芋虫のように動かそうとした。

弥助が切り落とした辰吉らの髷三つを五十次の顔の前に投げた。

「坊主になって三人の菩提を弔いねえ」

「えっ、辰兄いたちが、ど、どうしたって」

「三途の川を渡っている頃合いだ」

「ま、まさか」

「ちんぴらのてめえを生かしておいたについちゃ、わけがある」

「辰兄いたちが易々と殺されるもんか」

芋虫の五十次が怒鳴り返した。

霧子が顔を隠していた黒手拭いをぱらりと剝いで、顔を五十次に見せた。

「お、おめえは飯炊きの」

「そう、『世相あれこれ』で一時飯炊きに使ってもらった娘ですよ」

霧子はそう言うと忍び刀を抜き、血の臭いが漂う刃を五十次の顔に突きつけた。

「辰兄いの血の臭いですよ、とくと嗅ぎなさい」

「おめえらは何者だ」

芋虫の五十次の体ががたがたと震えた。

「五十次、そんなことはどうでもいいことさ。おめえが命を長らえる途はただ一つ、おれの用を務めることだ」

「な、なにをすればいい」

「酒匂仁左衛門にさ、もはや佐野善左衛門様は岩槻から立ち退いたと知らせることだ」

「じょ、冗談じゃねえぜ。そんなことうちの旦那に言ってみろ、おれがどんな目に遭うか」

「ならば、この場で始末して元荒川の流れに叩き込んでやろうか」

「や、やめてくれ」

「五十次さん、佐野家に火付けして皆殺しにしようとした人非人を、三人殺すも四人殺すも同じことです。関八州（かんはっしゅう）が少しはさばさばしましょうね」

　霧子が忍び刀を五十次の首筋に付け、ひたひたと叩いた。

「わ、分かった。浅草田原町に戻って、佐野善左衛門って侍はもはや岩槻にはいないと言えばいいんだな」

「だんだん物分かりがよくなったな」

「火付け未遂の一件は佐野家が岩槻藩に届けるよう手配してある。また同じことを考えると、江戸でえらい騒ぎになると言っておけ」

「わ、分かった」

　霧子が忍び刀をすうっと首筋から引いて、手足を縛ってある縄目に突っ込んだ。

「五十次、旦那の仁左衛門の前に突き出されると殺されかねねえぜ」

「だけど、おめえらは岩槻の一件を旦那に知らせろと言いやがる」

「頭を使いなさい。飯炊き婆さんのおかじさんは通いですよ。おかじ婆さんの長屋を訪ね、ここでの話を伝えればいいことです。そしたら必ず旦那に伝わります。命が惜しかったら当分浅草界隈に近付かないことね、いや、江戸を離れたほうがいいわ」

霧子が言葉を添えた。

「辰兄いら三人の説明はどうするよ」

五十次も考えを巡らせ、

「佐野善左衛門様のあとを追いかけているとでも言っておくんですね」

との霧子の答えに首肯（しゅこう）した。

「決して浅草田原町にも木挽町の屋敷にも近付かないことです。いい、江戸を離れるのよ」

霧子が柄を捻（ひね）って、五十次を縛った縄をぶつりと切った。

「姉さん、おめえはいったいぜんたい何者だ」

五十次の声に怯（おび）えがあった。

「そのような詮索は無用なの。もし一言でも洩らしたら、私が必ず五十次さん、おまえさんの口を封じますよ」

霧子が足の縛（いまし）めを切り放した。

「五十次、おめえの行動は当分、おれたちが見ていると思いな」

弥助の言葉に頷きながら五十次がよろめき立った。

「五十次さん、私たちと二度と会わないようになされ。この次会うときはおまえさんの命が消えるときです」

「可愛い顔して恐ろしいことを平然とぬかしやがるぜ」

五十次が言い残すと元荒川の土手へと上がった。

しばしその背を見送っていた霧子が、

「師匠、佐野様は岩槻からどこぞに移られますか」

「さあてな、あのお方は思い付きで動きなさる。これまでうちもえらい迷惑を被ってきた。だが、こたびの一件、もはや『世相あれこれ』の手は岩槻に伸びまい。いかに田沼様とは申せ、譜代の大岡様の領地で二度も同じことは繰り返すまい。いちばん危ないのは佐野様が江戸に戻られることだ」

「ならば今日一日、佐野様の様子を窺っておきましょうか」

と霧子が答え、弥助が頷いた。

次の日の朝稽古の刻限、利次郎が道場の床を乾拭きしていると、後ろから軽やかな気配が追ってきた。

「うーむ」

と利次郎は思いながらも仮道場の端に辿り着き、振り返った。すると霧子が乾拭きに従っていた。

「ああ、霧子、いつ戻った。ど、どこに行っておったのだ」

と大声で問い質した。

「ちょっと遠出を」

「ばかをぬかせ。そなたは二月も生死の境をさ迷っておったのだぞ。無理をしてはならぬ」

「もはや元の体に戻りました」

二人が言い合うところに住み込み門弟が集まってきて、

「霧子、利次郎は案じておったのだぞ。その気持ちを察してやらぬか」

と辰平が言った。

「申し訳ございません。利次郎さん、ご一統様、心配をかけて相すみません。もう霧子の体は回復いたしました」

と詫びて、

ふうっ

と大きな安堵（あんど）の吐息が利次郎の口から洩れた。

第二章　闇読売

一

磐音はこの日、紀伊藩江戸藩邸に利次郎と霧子の二人を伴い、指導に出かけた。

だが、霧子は稽古には一切加わらなかった。

その帰り、駒井小路の桂川甫周国瑞の屋敷兼診療所を訪れた。

霧子の最終的な診断を仰ぐためだ。

霧子を診察した国瑞が磐音と利次郎の待つ母屋に戻って来て、

「坂崎さん、もはや霧子さんの心身になんの差し障りもありません。さすがは雑賀衆で揉まれ、尚武館で鍛えられた体じゃな。ようもここまで回復したものよ」

と感嘆したものだ。

帰り舟で霧子が磐音に、

「若先生、ご心配をおかけいたしました。お蔭さまで元の霧子に戻りましてございます」

と改めて礼の言葉を述べた。

櫓を操る利次郎も晴れやかな顔付きだ。

「よかった。一時は、もはや霧子の元気な顔は見られぬかと覚悟をしたこともある。じゃが、中川先生の介護と桂川先生の診察ですべて煩いが掻き消えた」

「若先生、身内とはよいものでございますな」

利次郎の声も爽やかだった。

「あとはそなたのご奉公先じゃな」

「若先生、それがし、尚武館の暮らしがこのまま続いてもなんの差し障りもございません」

「霧子とのことを考えるとな、やはり尚武館の住み込み門弟ではなるまい。剣術修行は生涯終わらぬ。ゆえにそなたらのご奉公先を定めて、小梅村に通ってくればよかろう」

「このご時世です。仕官先などそうそうございますまい」

利次郎には格別急ぐ様子もない。

「霧子はどうか」

「重富家では私のことを認めていただいたようです。ですが、私も尚武館の暮らしが続いても構いません」

霧子も利次郎と同じように尚武館の暮らしを望んだ。

「いつの日か、雛は親鳥から巣立っていくものだ。われらがそなたらを頼りにし過ぎたようじゃ。二人には桂川先生の診断を待って話そうと思うておったことがある。過日、土佐藩江戸屋敷のご用人から書状を頂戴した。殿様の山内豊雍(やまのうちとよちか)様がそれがしに面談したいと仰せられたそうな。ゆえに近々土佐藩邸を訪ねようと思う。それについて、なんぞ願うことがござるかな、利次郎どの」

「いえ、それがしのほうから殿様に願いなどあろうはずもございません」

「ならば訊いておこう。殿様が重富家の次男は土佐藩に仕官せよと仰せられたら、それがし、どうご返答すればよかろう」

「そのような話がございましょうか」

「書状の様子では、なくもあるまい」

櫓を漕(こ)ぎながら利次郎がしばし沈思した。

「若先生、それがしが土佐藩に奉公するということは、父が隠居するということでございましょう。なぜならば兄がすでに土佐藩の御番衆を務めております。父のほかに兄弟二人、重富家だけで三人の奉公など他家との釣り合いもございます。やはり差し障りがございましょう。父が致仕して隠居し、その代わりにそれがしが仕官することになろうかと存じます」

「父上の百太郎（ひゃくたろう）様がそのことを殿様に申し出られた結果、ご用人がそれがしに書状をくだされたのではなかろうか」

「いささか複雑な気持ちにございます」

「利次郎どの、豊雍様がどのようにお考えか、推察するしかない。ゆえにそれがしが面談し、返答はそなたと相談の上ということでよろしいか」

「そのような無理が通りましょうか」

「そなたは土佐での藩騒動の折りの、功労者の一人ゆえな。ともあれ、豊雍様に願うてみる」

磐音が答え、猪牙舟（ちょき）は柳橋から大川に出た。

春の昼下がりだ、大川の水も温（ぬる）んで穏やかに流れていた。

「若先生、私に大名家の家臣の嫁が務まりましょうか」

こんどは霧子が懸念を口にした。

「霧子、そなたはおこんが手塩にかけて育てた女子じゃ。必ずや武家方の嫁女も務まる。分からぬことがあればいつでも小梅村に尋ねに来ればよいことじゃ。どのようなことが起ころうと、そなたの故郷は紀伊の姥捨(うばすて)の郷(さと)、江戸の実家は小梅村じゃからな」

はい、と霧子が頷いた。

しばらく無言で櫓を操っていた利次郎が、

「あとは辰平の決断じゃな」

と呟いた。

「辰平どのは、悩んでおられるか」

「あいつはそれがしと異なり、なかなか心の内を明かしませぬ。ゆえに言葉の端々にて推察するしかございませんが、箱崎屋(はこざきや)が博多(はかた)で所帯をと申されたら、剣を捨てる覚悟があるかどうか悩んでおるようです」

「辰平どのは慎重な気性ゆえ熟慮なされよう」

「はい。われらのように容易な決断ではございますまい」

利次郎が友の心中を思いやった。

その夜、小梅村の坂崎家では、親子四人と小田平助、住み込み門弟らが集い、内々の霧子の全快祝いの膳を囲んだ。

「これで小梅村の身内全員が元気な顔を揃えました」

おこんは上機嫌だった。

「霧子さんが寝てるときはくさ、どう気張ってんくさ、小梅村もどことのう、暗かったもんね。殊の外利次郎さんの落ち込みようったらくさ、なかったばい。ばってん、若先生、おこん様を中心に一丸となって霧子さんの回復を願うた甲斐があったと。よう霧子さんが受け止めてくれたばい」

小田平助の言葉に霧子が泣き崩れそうな表情を見せた。だが、霧子は胸の中で迸った感情を抑えた。そして、言い出した。

「なんとも不思議な日々にございました。若先生をはじめ、皆さんのお気持ちがどこからともなく私に伝わってきたように思います」

「なにっ、そなた、正気を失うてもわれらの気持ちが伝わっていたと言うか」

「いえ、話が聞こえていたとか、姿が見えたとか、そのような感じではございません」

「ならば気を失うておりながら、どうやってわれらの気持ちを受け止めたのだ」

利次郎が重ねて霧子に質した。

「矢傷を負って何日過ぎたかはっきりとはしませんが、幼い頃の夢を見ておりました。姥捨の郷で幼馴染みと遊んでいる姿を切れ切れに見るようになりました。今考えても不思議なことです」

「ふーん、幼き日の夢な。霧子、小梅村の夢は見なかったか。たとえばそれがしの夢は」

「見ませんでした」

霧子が即答した。

「一度もか」

「はい」

「なに、ちらりとも見なかったとな」

霧子が頷き、利次郎が悄然と肩を落とした。

仲間から笑い声が起こった。

「利次郎、霧子になにを求めておるのだ。正気を二月も失い、死線をさ迷うておったのだぞ」

田丸輝信が猪口を手に尋ねた。

「さようなときこそ、それがしを頼りにしてくれたかなと思うたのだ」

「利次郎さんはなんとも優しい気持ちの持ち主ですね」

おこんが慰めた。

「幼い頃の思い出が浮かんだり消えたり、だんだんとなにかが変わってくるのが分かりました。どなたかの手の温もりも感じたような気がします」

「そなたの手を摩り続けてこられたのは品川幾代様じゃぞ、霧子」

「はい。正気に戻ってすぐに幾代様の温もりであったかと気付かされました」

「おこん様も早苗さんもそなたに気を送り続けてこられた」

はい、と答えた霧子が、

「もう一人、違った手が私を励ましてくれました」

霧子が利次郎を見て、こくりと頷いた。

「な、なに、分かっておったか」

「夢は見ませんでしたが、私を待ってくださっているお方がいらっしゃるのだとなんとなく察せられました。そのお陰でただ今の雑賀霧子がいるのです。ご一統様、真に有難うございました」

「ふっふっふ」

「なんじゃ、利次郎、その笑いは」

「田丸輝信どの、それがし、ただ今の霧子の言葉に大いに満足にござる」

利次郎がほくそ笑んだ。

「ともあれよかった」

磐音も正直な気持ちを洩らした。

「利次郎さんから聞きました。若先生は、直心影流の奥義を三七二十一日奉献され、おこん様は仏壇の前でお題目を唱え続け、お百度を踏んでくだされたとのこと、私はなんと幸せ者にございましょう」

「霧子、子のために親が神仏に願うのは当たり前のことじゃ。また師匠の弥助どのとて密かに三囲稲荷に通うておられた。身内のだれもがそなたが元気になることを願うておったのだ」

「若先生、私はどうお応えすればようございましょう」

「おこん、どうじゃな。霧子の問いに答えられるかな」

「さらにいっそう霧子さんが幸せになればよいことです。それが身内みんなの願いにございます」

「はい」

と応じた霧子の眼が潤んだ。

「よかよか、こげん日が来ることをたい、皆で願うてきてくさ、叶えられた。それ以上のくさ、悦びはなか。利次郎さん、どげん思うね」

「小田平助様、よか日ですばい、一杯酒ば注がしてくれんね」

利次郎が平助に酒を注ぎ、

「よかったよかった」

と自らを得心させるように呟くのを、霧子が潤んだ眼で見ていた。

翌日のことだ。

朝稽古が終わった刻限、ほぼ八割方完成した普請場を磐音が眺めていると、女衒の一八が尚武館の門を遠慮げに潜り、

「これは大普請にございますな」

と声をかけた。

「これは一八どの、戻っておられたか」

「昨夕、江戸に戻って参りました」

「出羽の大飢饉はいかがにござるか」

「江戸で考えていた以上の酷さでございましてな、飢え死にする者が大勢ございまして、言葉では言い尽くせませんや」

「それほど酷いものですか」

磐音は一八を母屋に誘った。

今日は珍しく金兵衛の姿もなく、空也がおこんから字を習っていた。

「おこん、一八どのが出羽から戻られた」

磐音の声に、

「一八さん、ご苦労にございました」

とおこんが女衒の険しい旅を労い、

「空也、本日はここまでにします。硯箱の手入れは台所でしますよ」

と空也に片付けをさせ、その手を引いて座敷から姿を消した。

磐音と一八は出羽国一円の大飢饉についてしばらく話し合った。一八の話によると、中農でさえ食べ物に困窮し、今年の米作に欠かせない籾を売ったり食べたりするほどだという。

「ために一人でも食い扶持を減らそうと娘を売る百姓がございましてな、わっしらの商いにはようございました。ですが、長年この商売を続けてきたわっしでさえ、胸がいたむ話ばかりでございました」

一八が説明していたとき、おこんが茶菓を運んできた。

「坂崎様、前田屋(まえだや)の奈緒(なお)様からの返書にございます」

一八が懐から布に包んだものを出し、布を剥ぐと奈緒の書体で、

「坂崎磐音　様

　こん様」

と記された書状を差し出した。

「ご苦労にございました。一八どのの務めに差し障りはございませんでしたか」

「いいえ、奈緒様はわっしの来訪を待っておられたようで、喜んで迎えてくださいましたよ」

「息災であろうな」

「奈緒様もお子も息災ではございましたが、周りがそのような有様、ひっそりと暮らしておいででした」

「書状は後ほどゆっくりと読ませてもらおう。奈緒どのからなんぞ言付けはなかったろうか」

「二日ばかりお邪魔して若先生の言葉をお伝えしますと、奈緒様は涙を浮かべておられました」

「豊後育ちの奈緒様が、亭主の内蔵助様も亡くなった雪国で、お子様三人を抱えて暮らしていくのは大変なことにございましょう。一八さん、前田屋の商いはどうでございましたか」

おこんが尋ねた。

「内蔵助様が奇禍に遭われた後、奈緒様が亭主どのの看病に専念しておられる折りに、奉公人の番頭ら数人が商いを食いものにしたのでございますよ。前田屋の品を売り渡す偽の書き付けを作って商売仲間に安値で売り渡し、山形から逃げ出しておりましてな。奈緒様がその惨状に気付いたときは、すでに前田屋の店、屋敷、蔵、紅花畑まですべて人手に渡っていたそうな。奈緒様は山形藩に訴え出られましたが、なあに番頭と偽の権利書を買った商人が示し合わせてのこと、さらに前田屋の一切合財は次の者の手に渡り、藩でもどうにも手の打ちようがないということでございました。それどころか、奈緒様の知らぬ借財があったとか言うて、借金取りが姿を見せるそうで、奈緒様方はそれに怯えて暮らしておいでございます」

「もはや山形で暮らしは立たぬと見たほうがよいか」

「はい、まず出羽一円の大飢饉、前田屋の倒産、借金取り、乳飲み子を抱えてあの地で過ごされるのは難しゅうございましょうな」

「奈緒どのはどう言うておる」

「山形を離れるにしろ、せめて内蔵助様の一周忌はこの地で菩提を弔いたいと言っておられます」

「借財の取り立てが来るような家に、一周忌まで住むことができるのであろうか」

「おそらくどこぞ別の場所に移り住むことになろうかと思います。これまで紅花を加工してくれていた百姓家のいくつかが、奈緒様の窮状を見かねて、うちの納屋においでなされと言われるお方もあるそうな」

「一八さん、奈緒様は当座の金子にもお困りではございませんか」

「おこん様、過日、若先生が今津屋を通じて山形の両替屋に送られた百両、今津屋の大番頭さんの判断で、両替屋に留め置かれ、奈緒様が入り用のみぎり、わずかずつ引き出せるようになされておりますゆえ、その金子はなにかの場合に使えます。また、わっしが山形に向かう前、吉原の丁子屋に挨拶に伺いますと、旦那がなにがしかの金子を奈緒様にと言付けられました。落籍されて出て行った花魁（おいらん）に妓楼（ぎろう）の主が金子を贈るなんてことはまずありません。白鶴（はっかく）太夫の吉原での行いがよかったのか、あるいはお人柄でしょうかな。そんなわけで当座の暮らしは大丈夫にございますよ」

「いささか安心しました」

　おこんが安堵の言葉を洩らした。

「一八どの、次に山形に参られるのはいつのことであろうか」

「大飢饉の推移にもよりますが、夏にも行くことになりましょう」

「相分かった。それがし、吉原会所の四郎兵衛（しろべえ）どのと丁子屋の主どのに近々挨拶に参りたいと伝えてもらえぬか」

　へえ、と一八が磐音の言付けを吉原へと持ち帰ることを請（う）け合い、小梅村から辞去した。

　磐音は一八が去った後、奈緒からの書状を披（ひら）いた。二度、三度と読み返したが、こたびの書状には忌憚（きたん）のないただ今の前田屋の窮状が記されてあった。

　磐音はおこんに書状を回し、沈思した。

　おこんも幾たびか読み返したようで時間がかかった。

「どうなされます」

「内蔵助どのの一周忌まではかの地で過ごし、菩提を弔いたいという奈緒どのの気持ちを大事にしたい。そのあとのことじゃが、実高様にご相談申し上げてみようかと思う」

「と申されますと、奈緒様のご実家小林家の再興が叶いますか」

「河出慎之輔が国家老宍戸文六一派に唆され、妻である小林琴平の妹舞どのを手討ちにした。琴平が憤激し、慎之輔ばかりか、捕り方の家臣数人を斬り殺した罪を消すことは叶うまい。じゃが、なにか手立てはないか、実高様に願い出てみようと思う」

「ならば早いほうがようございませぬか」

おこんの言葉を吟味した磐音は頷いて外出の仕度を始めた。

二

夕暮れ前、磐音は米沢町の角にある今津屋に立ち寄った。豊後関前藩江戸藩邸で福坂実高に面会した後のことだ。

刻限が刻限だ、店が混雑していればまたにしようかと考えていた。だが、意外に客は少なく由蔵が外に眼を光らせていたので、すぐに声がかかった。

「本日はお一人ですか」

「駿河台に参り、実高様にお目にかかってきたところです」

「本日は珍しく旦那様もおられます。奥にいかがですか」

「ご挨拶をして参ろうか」

磐音は勝手知ったる三和土廊下から内玄関に進み、奥への廊下へ上がった。すると帳場格子を出た由蔵がそこに待っていた。

奥座敷では吉右衛門が大福帳を積み上げて調べものをしていた。そのかたわらにはお佐紀がいて、縫い物をしていた。

庭は春景色、桜は一、二分咲きだった。

「お久しぶりにございますな。坂崎様がお見えになってもこちらが外出ばかりで、なかなかお会いする機会がございません」

吉右衛門が磐音に声をかけ、

「女門弟霧子の一件では皆様にご心配をおかけいたしました」

磐音はまずそのことの礼を述べた。

お佐紀が茶の仕度を小女に命じた。

「気を失うて二月、いやはやおこんさんをはじめ、皆さん心労でしたな」

「中川淳庵、桂川甫周両先生にずいぶんと世話になりました」

「すっかり回復されたとお聞きしております」

「昨日、桂川先生に太鼓判を押してもらいました。もはや霧子はふだんどおりの暮らしに戻っております」

「無理はせぬことです」

と会話するかたわらから由蔵が、

「本日は福坂実高様とのご面会の帰りだそうです、旦那様」

と話を変えた。

「なんぞ関前藩に差し障りが持ち上がりましたか」

「いえ、藩では春いちばんの交易船の明和三丸が江戸に到来するとか、なんの不都合もございません。本日は山形の前田屋の一件で願いごとに参りましたので」

と応じた磐音は、

「まず今津屋様にお礼を申し述べねばなりませぬ。それがし、七十五両の手形にて山形に送金を願いましたが、いつの間にか百両に増えていたそうで、お心遣いに感謝しております」

と礼を述べた。その上で、

「また金子は山形城下の両替屋に預かっていただいたお蔭で、奈緒どのは大変助かっている様子です」

と前置きし、女衒の一八から聞かされた前田屋の状態を磐音は告げた。

「やはりそれほど酷いことが起こっておりましたか。主が病や怪我に倒れると不届きな考えを持つ輩が出て参ります。それにしても前田屋内蔵助様は紅花大尽として江戸にも知られた商人でしたがな、内蔵助様の死だけが凋落の原因とは思えません」

由蔵が首を傾げた。

「一八どのの話では、出羽一円の大飢饉は江戸で考える以上に酷いそうで、紅花栽培も浅間山の大噴火で被害を受けたのやもしれません。ために前田屋の借財が急に増えたのではございますまいか」

磐音は推量を述べたが、由蔵は首を傾げたままだった。

「坂崎様、奈緒様はまだ乳飲み子を抱えておいでではございませんか」

小女が淹れた茶をお佐紀が供し、話に加わった。

奈緒が磐音の許婚であったことも、吉原では太夫の地位まで昇りつめた花魁であったこともすべて承知している三人だけに話が早かった。

「六つを頭に三人の幼子を抱えておりますそうな」

「頼りにすべき亭主も奉公人もいない大きな屋敷で、さぞお寂しい日々にございましょう」

「そうとも思えますし、幼子が奈緒どのの気持ちの支えになっておるとも思われます」

磐音の正直な言葉にお佐紀が頷いた。

「して本日は実高様にどのようなお願いに参られましたので」

由蔵が話を先に進めた。

「奈緒どのがそれがしとおこんに宛てて、初めて短い文を寄越した折り、望郷への想いをちらりとですが認めておりました。お三方ともご存じのように、奈緒どのの実家小林家は兄の琴平の所業によりお取り潰しになっております。改めて申し上げるまでもありませぬが、それがし、河出慎之輔、小林琴平の三人は明和九年、藩政改革を夢見て勇躍江戸より帰国いたしました。ところが、われらの行動に先んじて国家老宍戸文六一派がわれらの帰りを手薬煉ひいて待ち受けており、その奸計（かんけい）に嵌（はま）って慎之輔と琴平は命を落としました。琴平はその折り、捕り方の家臣らに危害を加えております。故に妹の奈緒どのも関前を出て行かざるを得なかった経緯がございます。本日、実高様にお目にかかったのは、もし許されるならば、奈緒どのが関前城下で三人の子らと暮らせないものかと思うて、お願い申したのです」

「坂崎様らしいお心遣いですね」

お佐紀が即座に応じた。

「確かに関前領は山の幸海の幸に恵まれ、温暖な気候じゃそうな。北国の山形よりも随分と暮らし易かろうと思います」

吉右衛門も言葉を添えた。

「実高様のご返答はいかがでしたな」

「老分（ろうぶん）どの、実高様は旧家臣小林家の奈緒どののただ今の境遇をそれがしより知らされて大いに驚かれ、河出家も小林家も国家老宍戸文六の罠（わな）に嵌って家を取り潰されたのだ、明和、安永の藩騒動の被害者といえぬこともない、奈緒が関前に帰りたいと言うならば、予は許すと、寛大なお心を示されました」

「それはようございました。奈緒様も喜ばれましょう」

お佐紀がほっとした表情で言った。

だが、由蔵は黙って考え込んでいた。

「老分さん、なにか懸念がございますか」

「お佐紀様、私、関前城下を存じ上げません。ゆえに推論にすぎません。坂崎様、宜しゅうございますか」

「なんなりと考えをお聞かせくだされ」

「関前藩は六万石とは申せ、城下住まいの家臣から町人まで知り合いではございませぬか」

「城下の町人の数は三千数百人と記憶しております。まず名前は知らずとも顔を合わせたことのある者ばかりにござる」

「江戸は百万、比べようもございませんがな、さように顔見知りの土地で暮らしていくのはよいことなのかどうか」

「老分どのは、奈緒どのの過去を言い立てる者が出てきはせぬかと恐れておられるのでございますな」

「最前も申しましたが、関前城下も豊後の気性も知らぬ上での推測ゆえ、間違うておりましたらお許しくださ い」

「いえ、そのことに思いも及びませんでした。どこの土地にも他人の過去を論う者はいるものでござる」

「坂崎様、奈緒様一家四人は一先ず江戸に出て参られましょう」

「お佐紀様、江戸を通らずして出羽から豊後への旅はできますまい」

「ならば、その折り、じっくりとお話し合いなされたらいかがでしょう。奈緒様には坂崎様をはじめ、吉原の旦那衆がついておられます。豊後関前に戻られるのがよいか、この江戸で暮らすのがよいか、それからお決めになっても遅くはございますまい」

「それがし、いささか早計に過ぎましたか。実高様にお心遣いをさせてしまいました」

「坂崎様、それはそれでございますよ。実高様は坂崎様にお会いになるのが、どのようなときでも楽しゅうてしようがないのではございませんか」

「本日も酒の相手をせよと申されました」

「で、ございましょ。お代の方様がご不在ということもございます。どのようなことであれ、坂崎様が藩邸を訪ねられるのは大悦びにございますよ」

と由蔵が言ったとき、廊下に足音がした。

「お話し中のところ申し訳ございません、旦那様、老分さん」

声をかけたのは手代の宮松だ。その手に一枚の読売があった。

「どうしなされた」

「老分さん、高札場で闇読売が撒かれました」

「闇読売ですと、どなたを非難する読売ですね」

由蔵が言いながら、宮松から闇読売を受け取った。

「おや、田沼父子を非難する闇読売ですよ。大胆不敵でございますな」

と感想を述べた由蔵が、

「なになに、老中田沼意次様、若年寄田沼意知様に申し上げ候、ですと。わが一族は譜代旗本、藤原氏の出にて、田沼家のもとの名と同じ名なり。そのことをどこで知られたか、数年前、田沼家よりわが家系と同じ姓なるを以て、わが家の系図を参考にいたしたいとの願い出あり。幕閣の要職にありし人物の願いゆえ、快く系図を貸し出したところ、返却されぬばかりか、わが系図を参考にし、唐人の系図屋に田沼家の系図を作らせしとかの風聞が、わが耳に入りたり。ゆえに田沼家を訪ね、わが系図の返却と作成せし田沼家の系図の破棄を求めしところ、言を左右にして、これを拒み、加増昇進を餌にわが家の七曜旗を掠め取り、さらにわが領地にありし護り大明神の像をも騙し取りたり、ですと」

と闇読売から視線を上げて、磐音を見た。

「これは名こそないが、新番士佐野善左衛門政言様の告発にございますな。大それたことをなされたもので」

「版元もどことも知れぬ闇読売の言葉にございます。佐野様が仕掛けたとばかりは言い切れますまい」

と吉右衛門が応じた。

「旦那様、お言葉を返すようですが、田沼父子と佐野様の系図を巡る揉め事は世間が承知のことです。田沼様はまず佐野様に疑いの目を向けましょうな」

「これをきっかけに老中若年寄父子が動くとなれば、闇読売に書かれたことを認めたことになります。世間はそう受け取りませぬか」

「受け取りましょうな。闇読売を刷った当人はもはや江戸にはおりますまい」

吉右衛門がようやく笑った。

「ですが、旦那様、田沼父子の手の者が密かに佐野様の口を封じることはございませんか」

「それは考えられますな」

吉右衛門が言い、磐音を見た。

「たしかに、この節に佐野様になにかあれば、田沼様の手の者が動いたと世間は考えましょうな」

「坂崎様、相手は老中若年寄父子、知らぬ存ぜぬで押し通すこともできます」

「さあて、田沼様が動かれるかどうか」

磐音が洩らすと、由蔵が言った。

「この闇読売が撒かれたと知ったら、佐野様は新番士組頭に病届けを出して急ぎ身を隠されましょうな」

「すでに佐野様はそうしておられるのやもしれません」

「なるほど、さようでしたか」

その話題はそれで終わった。

四半刻ばかり四方山話をなした磐音は、今津屋の奥座敷を辞去した。見送りに由蔵が従ってきて、

「坂崎様、過日、『ふうし屋』の番頭和蔵さんが小梅村を訪ねませんでしたか」

と小声で問うた。内玄関のところでだ。

「参られました」

「佐野様の企てを止められたのではございませんので」

「いえ、和蔵どのと話し合い、闇読売はそのまま出させることにいたしました。その手の闇読売では田沼様は動かれますまい」

「でしょうか。とはいえ、佐野様の鬱憤が少しばかり晴れただけで、系図も七曜旗も佐野様の手には戻ってきますまい」

「戻りますまいな」

「となれば、田沼様父子はしばらく時をおいて佐野様の始末にかかりますぞ」

「それを案じております。ゆえに近々もう一枚、闇読売が江戸じゅうにばら撒かれましょう」

「ほう」

「その一枚が佐野様の命を長らえさせてくれるとよいのですが」

と磐音は願うように言うと、草履を履いた。


次の日のことだ。

朝稽古が終わり、磐音は尚武館の普請場を検分に行った。

すでに尚武館の床板も張り終わり、古い床板と拡げた床板との色合わせが老職人の手で行われていた。だが、棟梁の銀五郎の姿はなく、銀五郎の右腕の田吉が立ち会っていた。

「お蔭さまで広うなったな」

「若先生、天井も高くなりましたし、神保小路には敵いませんがなかなか立派な道場になりました」

「神保小路は拝領地に建てられた道場ゆえ、百姓家を改築した当道場とは比較にならぬ。じゃが、ただ今のわれらには十分過ぎる道場となり申した」

辰平ら門弟衆も姿を見せて、

「おお、これは広い。床もしっかりして気持ちがよいな」

利次郎が床の上で飛び跳ねてみせた。

「これ、利次郎どの、職人衆の邪魔をしてはならぬ」

「おっ、若先生、つい興奮してしまいました」

と利次郎が詫び、

「改築祝いになんぞ企てをしなくてようございますか」

と磐音に質した。

「門弟衆の東西戦はいかがか」

「それでは月並みでございます。それがし、いささか腹案がございますが、考えを纏めたら、若先生、相談に乗っていただけますか」

「むろん剣術修行のためになる企てならば相談に乗りましょう」

磐音の返事を聞いた利次郎が、

「よし」

と張り切った。

「おい、辰平、知恵を貸せ」

「すでに考えがあるのではないのか」

「だから、腹案をかっちりとしたものにするために、皆の知恵を借りたいのだ。おや、そういえば、霧子がおらぬな」

利次郎が霧子の住まいの長屋を見た。

「弥助どのと霧子にはそれがしが頼みごとをいたした」

「そうでしたか。それは存じませんでした。よし、霧子抜きに改築完成披露の企ての談義を始めるぞ」

利次郎が言うのをしおに、磐音は尚武館の普請場から表に出た。するとちょうど棟梁の銀五郎が姿を見せたところだった。

「若先生、浅草の金具屋に用事がございましてな、遅くなりました。どうですね、床の具合は」

「しっかりしたものです。これなら安心して稽古ができます」

と応じた磐音に銀五郎が、

「向こう岸でこんな闇読売がばら撒かれていましたぜ」

と二つ折りにした闇読売を広げて見せた。

「なんと、これは『世相あれこれ』と申す読売ではござらぬか」

磐音は『ふうし屋』の和蔵が仕掛けた闇読売ではないのかと訝（いぶか）しく思いながら、銀五郎の手の読売に眼を落とした。

「読売屋の名をとくとご覧ください」

「おや、『世相ともあれ』とある。『世相あれこれ』とは違うのでござるか」

「そこがこの闇読売の味噌ですよ。一見『世相あれこれ』と紙の質から体裁、さらには書体までそっくりでございましてね。まあ、そそっかしい江戸っ子なら、『世相あれこれ』と思いこんでしまいましょうな」

磐音は銀五郎がくれた『世相ともあれ』を読んだ。

「卑怯（ひきょう）なり、闇読売の大ウソ」

と大きな文字が躍っており、

「昨日の闇読売が報じた老中田沼意次様、若年寄田沼意知様が譜代旗本より系図、七曜旗、ならびに護り大明神像を騙し取ったと伝えられしこと、老中若年寄父子を貶める企みにて、真実に非ざるなり。

この譜代旗本と目される人物は、田沼家に六百三十余両の金子を持参し、猟官を画策せしとか。だが、清廉潔白なる田沼意次様、意知様方はなんたる心得違いかと叱り、追い返したり、というのが真相なり。

かような闇読売が横行すること自体、嘆かわしき風潮なり。

わが『世相ともあれ』はかような闇読売の横行を断じて許さず、真実のみを告知することを改めて肝に銘じたり。

老中田沼意次様、若年寄田沼意知様、かような風潮に惑わされることなく、ご政道に専念邁進されんことを切に祈るのみにござ候」

磐音は銀五郎を見た。

「闇読売が闇読売を暴くたあ、だれが考えたか知らねえが、老中若年寄父子を存分に茶化しておりますな。『世相あれこれ』が近頃田沼父子の手飼いになったというのはだれもが承知のことですよ。田沼父子も振り上げた拳をどこへ下ろしたものか、いささか歯軋りしていましょうな。六百両もの賂を突き返したですと。心得違いと叱って追い返したですと。神田橋と木挽町がそんなことをするわけもねえ、ちゃんちゃらおかしいや」

銀五郎棟梁が吐き捨てた。

三

この日の四つ（午後十時）過ぎ、霧子独りが小梅村に戻ってきた。

霧子は浅草田原町の読売屋『世相あれこれ』に潜り込み、その様子を探っていたのだ。霧子は飯炊きとしてこの家に奉公していたから、天井裏だろうと床下だろうと、元黒鍬之者の酒匂仁左衛門が主の『世相あれこれ』に潜入することはそう難しいことではなかった。

だが磐音から、仁左衛門のいる奥には決して近付いてはならぬとの命を受けての潜入だった。

そこで霧子は奉公人たちが茶を飲みに来たり、時に昼間から酒を飲んだりして気分を変える台所の板の間、その上に造られた女衆の中二階の納戸に入り込み、半日階下の様子を窺った。

　霧子は磐音に浅草田原町での見聞を報告し始めた。

『世相あれこれ』の朝は決して早いとはいえなかった。

　並みの読売屋と違い、武家方の醜聞を探り出し、克明に調べ上げた上で、そのネタを読売にすると脅し、相手に大金で買い取らせるというのが、『世相あれこれ』の商いだ。

　ある意味では一匹狼の闇読売よりあくどい読売屋だった。

　並みの読売屋のように売子を抱えて、一枚何文で売る要はない。というわけで、昼近くになって通いの奉公人がやって来て、台所で飯を食べたり、中には明るいうちから酒を飲む連中もいた。

　奉公人たちのこの日の話題は、もっぱら昨日のうちにばら撒かれた闇読売だった。

「だれだえ、こんどのよ、闇読売を刷った野郎はよ」

　茶碗（ちゃわん）酒を飲む潮蔵（しおぞう）という名のネタ屋の声がした。

「闇読売だぜ、調べようと思えば割り出せねえこともねえがさ、もはや江戸を離れてやがるな。それにしても佐野め、とち狂ったかねえ。時の老中田沼様と若年寄に戦を仕掛けやがった」

老練な奉公人で、仁左衛門の番頭格の七右衛門が味噌汁を啜りながら応じたものだ。

「それにしても辰吉兄いが佐野に張り付いているはずだが、なんの連絡も入らないのはおかしかねえか」

「佐野の隠れ処を確かめに行ったにしては帰りが遅いな」

「遅すぎるぜ。七右衛門の父っつぁん」

「このところ旦那も辰吉から連絡がないことを気にしておられる。あいつらには二人ほど手練れが従っているんだ。まさか佐野の手に落ちたってことはねえと思うがね」

「佐野は癇性な男だっていうじゃねえか。それに剣術の腕も大したことはねえ。五十次は別にして、あの三人が佐野の手に落ちるわけもねえ」

「それにしてもどこに消えたのかねえ」

「旦那は佐野の隠れ処がどこか、承知してないのか」

「知らねえ様子だ。辰吉め、手柄を焦ったか」

しばらく無言の間が続いた。

「ともかく佐野は終わりだ」

七右衛門の声が再び響いた。

「こうなったら戦にもなにもなるめえ。佐野め、最後の手を使いやがった。これで佐野の家は取り潰しだろうな。身は切腹かねえ」

「いや、田沼様とてこんどの一件、すぐには手が出せまい。世間が田沼様と佐野の動きを注視しているからな」

「そうは言ってもよ、田沼様は次の手を考えていなさるんだろ」

「田沼様親子は城を意のままにしていなさる老中と若年寄だ。いずれ最後の一手を繰り出す気だな」

「ともあれ佐野は自滅の一途よ」

どことなく間延びした会話が霧子の潜む納戸に聞こえてきた。

その様子を一変させたのは、奥に膳を運んでいった女衆の言葉だった。

「七右衛門さん、潮蔵さん、旦那がお呼びだよ」

「なに、仁左衛門様がお呼びだと、ご機嫌はどうだえ」

女衆の答えはすぐにはなかった。

「どうした、おあきさんよ」

「それがさ、旦那は読売を手にして黙り込んだまま鋭い目付きで考え込んでおられるんだよ。ありゃ、機嫌がけっしていいとは言えないね」

「なんだって。どこぞの読売屋に美味しいネタを抜かれたか」

「うちは巷の有象無象の読売屋じゃねえよ、抜くも抜かれるもあるものか」

「それはそうだ。面を出すかえ」

「ああ」

と応じた二人が台所から姿を消した。

七右衛門と潮蔵が台所に戻ってきたのは一刻後のことだ。

押し殺した声でぼそぼそとした会話が続けられたが、霧子には聞き取れなかった。そのあと、重苦しい沈黙がしばらく支配した。

潮蔵か、荒々しくも膳でも蹴った物音が響いて、女衆の押し殺した悲鳴が聞こえた。

「畜生、あんな手の込んだ闇読売を出したのはどこのどいつだ。旦那はかんかんだし、当分機嫌が悪いぜ」

「一匹狼の闇読売の仕事じゃねえ。それに佐野の指図でもねえ」

「七右衛門の父っつぁん、じゃあ、だれの仕業だ」

「どこぞの読売屋が一枚噛(か)んでやがる、昨日からの闇読売のばら撒きにな」

「だからよ、どこのどいつなんだよ」

「うちに楯突(たてつ)く勇気がある読売屋はそうはねえ。だが、そっちはあとのことだ。こりゃ、木挽町から必ずお呼び出しがくる。旦那が呼び出されるよ」

「この読売はよ、まるでうちが刷ったような読売だもんな。ふざけやがって『世相ともあれ』だと、馬鹿にしくさって」

と潮蔵が言うところに若い声がした。

「七右衛門の父っつぁん、旦那様が木挽町に行かれるそうだ。供をしろだと」

よし、と応じた七右衛門に潮蔵が、

「まさか、辰吉兄いがどこぞにこのネタを売り込んだということはねえよな。あいつらの動きが途絶えたままだ」

と言葉を続けた。

また沈黙があった。

「七右衛門の父っつぁん、もう一つ考えられねえか」

「なんだ」

潮蔵の囁き声は霧子には聞こえなかった。

「辰吉ら四人はもはやこの世にいないだと」

七右衛門の声がかすかに震えていた。

「………若先生、木挽町を訪ねた『世相あれこれ』の酒匂仁左衛門と番頭格の七右衛門の二人が、浅草田原町に戻ってきたのは五つ（午後八時）過ぎのことでした。仁左衛門はいつものように奥に入り、七右衛門一人が台所に姿を見せたのですが、木挽町で田沼意知様にきつく問い糺されたらしく、しばらく口も利かず、女衆に酒をくれと一言命じただけでした」

と霧子がさらに報告を続けた。

「どうした、絞られたか。七右衛門の父っつぁん」

「旦那だけが若年寄様に面会したんだ、その様子は分からねえ。だが、旦那の顔色からひどく叱られたようだ」

「木挽町は、『世相ともあれ』なんてふざけた名の闇読売がうちから出たと信じてるのかい」

「それはねえ。ただ、佐野一人の知恵ではないと言われたそうな。うちの旦那もそれはおなじ考えだ。ともかくだ、佐野の一件はしばらく放っておけと命じられたらしい」

「くそっ」

「それとな、潮蔵。辰吉ら四人はもはやこの世にはいねえ」

「父っつぁん、どうして分かる」

「木挽町の田沼屋敷に辰吉の髷が投げ込まれてあったそうだ。『世相あれこれ』の奉公人辰吉の髷と記されてな。旦那が確かめ、あの縮れた毛は辰吉に間違いないということだった」

「だれだ、相手は。佐野じゃねえよな」

「旦那は小梅村の差し金と考えていなさる」

「なに、尚武館だと」

「ああ」

「あいつら、剣術使いじゃねえか。辰吉兄いを始末して木挽町に髷を投げ込むなんてことをするかね」

「さあてな、ともかく古い因縁だ。木挽町と旦那の間で小梅村への反撃の策が決められたことはたしかだ」

「それはなんだ」

「旦那は一言もおれには話されねえ」

「読売ではねえな」

「ない」

話はそれで終わった。


霧子は『世相あれこれ』の板の間が静かになるのを待って、浅草田原町の読売屋を抜け出してきたのだ。

「霧子、ご苦労であった」

磐音は改めて霧子に労いの言葉をかけた。

「若先生、師匠はまだ戻っておられませんか」

「戻っておられぬ」

弥助は木挽町の田沼意知邸に潜入していた。辰吉の髷を田沼屋敷の表門の内側に放置したのもむろん弥助だ。

「様子を見て参ります」

「いや、そろそろ戻ってこられるはずだ」

と磐音が言い、おこんに命じて霧子に食事をさせた。

霧子の食事が終わろうとした頃、裏戸口に人の気配がした。箸を置いた霧子が身構え、おこんが戸口に視線を送った。

「弥助でございます」

と声がして、急いで霧子が心張棒を外した。

「おお、霧子、戻っていたか」

「ご苦労に存じます」

霧子が師匠を迎えた。

「弥助様、お腹も空かれたでしょう。ただ今膳を用意します」

「おこん様、まず若先生にご報告をしとうございます」

弥助が願い、霧子と一緒に磐音がいる奥の間に通った。

「弥助どの、造作をかけたな」

と磐音が労い、

「霧子から酒匂仁左衛門が木挽町を訪ねたとの報告は受けておる」

「『世相あれこれ』の奉公人の髷を田沼屋敷に投げ込んだのは、いささか余計なことでしたかな。酒匂仁左衛門もさることながら、若年寄田沼意知様もだいぶ激昂された様子でしてな」

と弥助が苦笑いした。

「佐野善左衛門様のみならず、岩槻の佐野家の親戚一家を焼き殺そうとした不届き者です。天が罰したのです」

磐音が言い切ったとき、おこんが弥助の膳を運んできた。

「わっしならば話が終わったあとに頂戴します」

「夜明け前から飲まず食わずではこたえましょう。おまえ様、弥助様が食される間くらい話を待っていただけませぬか」

「それは構わぬ」

「師匠、私の探索を聞きながら、おこん様の気遣いを頂戴してください」

と霧子が言い、磐音も頷いたのを見た弥助が、まず茶碗を手にして美味しそうに食した。

霧子が最前磐音に報告したことを弥助に繰り返した。

その間、弥助は黙々とこの日初めての食べ物を口にした。

おこんが新たに三人に茶を淹れてきて下がった。

「まずわっしが遅くなった理由から申し述べます。『世相あれこれ』の主、酒匂仁左衛門は、元黒鍬之者というだけに油断がなりません。仁左衛門が田沼意知様と会うている間、わっしは会見の座敷から離れた床下に避けておりました。仁左衛門が田沼屋敷から辞去した後、改めて意知様の座敷に近付いたのですが、若年寄は、独り長い間考えておられる様子でした。その後、用人の井澤孫兵衛（いざわまごべえ）を呼び、酒匂仁左衛門は、『世相ともあれ』なる闇読売に一切関わっておらぬことを確かめたと言うておりました。その上で、だれが一体このような策を弄（ろう）したか、と意知様と仁左衛門の間で論議があったようなのでございますよ。仁左衛門は、小梅村の仕業と決め付けましたが、意知様は、小梅村は剣術家、さような姑息（こそく）な手は使うまいと考えておられたような。そんなところに、わっしが屋敷の門内に投げ込んでおいた髷が門番によって見付けられたそうで、その場に届けられたのでございますよ。すると仁左衛門が、うちの奉公人の辰吉の髷に相違ございません、そのような荒業ができるのは小梅村しかおりませぬ、となれば、この闇読売の小細工も小梅村と考えたほうがよろしいのではと先ほどの主張を繰り返し、意知様もようよう得心したことが、井澤用人との話で判明しました」

磐音はただ頷いた。

確かに小細工に過ぎたやもしれぬと反省しつつも、ただ今の老中田沼意次、若年寄田沼意知父子との対決には、あらゆる手段を尽くさなければ勝てぬと考え直した。そして、西の丸家基、養父佐々木玲圓、養母おえいの無念に改めて心をいたした。

「田沼意知様は、佐野善左衛門様をどのような手を使ってでも死に追い込もうとしております。ですが、運がよいことに岩槻の隠れ処は、辰吉らの手抜かりで仁左衛門も、ということは意知様も知りません。江戸にいない以上、田沼一派も佐野様に手が出せません。まあ、闇読売の効きめがある間は、世間も田沼一派の行動を注視しておりましょうし、いずれにしても佐野様には当分手出しはできますまい」

「それはよかった」

「ですが、若先生、その分、どうやらこちらに田沼一派は全勢力を注ぎ込むつもりのようです」

「田沼様とは長年戦いを繰り返してきた間柄、今更どうすることもできまい。ともあれ身内、通い門弟を含めてこれまで以上に警戒するしかありますまいな」

「師匠、田沼意知様がどのような手立てでうちに仕掛けてくるか、推測がつきませぬか」

「霧子、そなたが毒矢に倒れた一件で小梅村が一層強い絆にて結ばれた。それは田沼様方も承知の上だ。ゆえに、この次は生半可な手段ではならぬ、とくと思案せねばなるまい、と意知様が井澤用人に洩らしておられた。おそらくあの話の様子では仁左衛門も一枚嚙んで、なんぞ仕掛けて参りますよ」

「未だ田沼意知様には成案が整っていないということでござるか」

「どうやらそのようです」

「若先生、師匠、私が木挽町の屋敷に入り込みましょうか」

「いや、霧子はすでに田沼一派には知られた女子じゃ。危ない橋を渡らせるわけにはいくまい」

磐音は霧子の提案を止めた。

「ならば時折り、わっしが木挽町を覗きに行って参ります」

弟子に代わって師匠が出ると言い出した。しばし考えた磐音が、

「弥助どの、木挽町に潜入する折りは、それがしに前もって伝えてくだされ」

と釘を刺した。

「畏まりました」

「今一つ、木挽町の田沼屋敷に土子順桂吉成どののおられる様子はござらぬか」

「わっしもそのことを気にかけました。ですが、土子様がおられる様子はございません。ひょっとしたら神田橋の老中屋敷におられるのではございますまいか」

「考えられます」

「調べますかえ」

「いえ、土子どのは真の剣術家、卑怯未練な策を使われる方ではござらぬ。土子どのが意を決せられた折りは、必ず前もって知らせがあります」

「でございましょうな」

と弥助が言い、霧子に視線を向けて、

「ともあれ霧子が働けるようになったのはなんとも嬉しいことですよ」

とようやく顔を和ませた。

四

この日、磐音は紀伊藩の指導に利次郎を伴い、徒歩で出かけた。帰りに鍛冶橋内の土佐藩江戸藩邸に立ち寄るためだ。当初、磐音は独りで山内豊雍と面会する心積もりでいた。すると土佐藩邸を訪問する前日、重富百太郎から使いがきて、利次郎を伴うようにとの言付けがあった。

約束の刻限に利次郎の父親百太郎が二人を待ち受けていた。

「坂崎先生、愚息のためにご足労いただき、有難く存ずる」

磐音は百太郎の語調にいつもとは違う緊張があるのを感じていた。だが、藩邸の玄関先で話せるわけもない。百太郎に庭伝いに案内された二人は藩邸の奥へと通った。

桜の季節だ。

豊雍は庭の東屋(あずまや)にいて、七分咲きの桜を眺めていた。

「殿、坂崎磐音どのをお連れいたしました」

「おお、坂崎磐音か、よう参った」

改めて記すと藩祖の山内一豊(かずとよ)より数えて豊雍は九代目、寛延(かんえん)三年（一七五〇）一月生まれゆえ三十五歳の働き盛りだ。

その豊雍が利次郎を見て、

「利次郎、息災であったか」

「はっ」

利次郎が畏まった。

豊雍は剣術談義を自ら持ち出し、磐音とあれこれ言葉を交わした。

先代の豊敷は、藩財政が逼迫する中で藩校教授館を設立し、野中兼山、谷秦山らの考えを受け継ぐ海南朱子学を教えるなど教育制を確立した。

その志を継いだ豊雍は、自ら教授館の額字を書くなどして文武両道を奨励していた。

磐音は、もしや豊雍が利次郎を召し抱えると言い出すのではないかという望みを持っていた。だが、豊雍の口からそのことは一切出なかった。

半刻（一時間）ほど剣術談義を続けた後、豊雍が、

「こたび百太郎が隠居をいたすことになってのう、嫡男が重富家を継ぐことになった」

「それは目出度いことにございます。百太郎様もさぞ安心にございましょう」

「いかにもさよう」

と応じた豊雍が、

「天明の飢饉が領内にも波及してのう、藩政運営は困難を極めておる。困ったことよ」

と言い、面談の終わりを婉曲に告げていた。

「陸奥、出羽一円も大飢饉に見舞われていると申します。豊雍様にはさぞご心労のことにございましょう。ご多忙のみぎり、豊雍様には貴重な刻をお割きいただき、申し訳ないことにございます」

と詫びた磬音に、

「重富利次郎を頼むぞ」

と言葉を残した豊雍が東屋から下がっていった。

百太郎に再び庭伝いに案内されて、藩邸内の御長屋の重富家に立ち寄った。

座敷に三人が対面したとき、百太郎が、

「坂崎先生、利次郎のことで気遣いをさせ申した。この通りにござる」

と頭を下げた。

「百太郎様、父御が詫びられる理由はなんらございませぬ。貴重な剣術談義で楽しい刻を過ごしました」

ふうっ、と息を吐いた百太郎が、

「正直に申し上げる。殿は利次郎をなんとか土佐藩で召し抱える気持ちをお持ちであった。じゃが、想像以上に藩内の反対が強くてのう、天明元年（一七八一）

の四分の一借上げに続いて昨年も禄米が減らされた。かようなみぎり、新たに家臣など抱える余裕はないというわけじゃ。それがし、自らが職を辞し、隠居いたせばなんとかなると安直に考えており申した。坂崎先生にご足労を願いながら、なんとも申し訳ないことでござった」

父の言葉に、

「父上、それはようございました。それがしも兄弟でご奉公できるなど努々考えておりません」

と利次郎がさっぱりとした口調で言い切った。

そこへ母の富美が茶菓を運んできて、座に加わった。

「なに、利次郎はそう考えておったか」

「父上、それがしの剣術修行は道半ばにございます。小梅村の尚武館でもうしばらく坂崎先生の指導薫陶を受けたいと存じます」

「坂崎先生、過日、利次郎が雑賀霧子さんをこの御長屋に連れてきました。とうとう利次郎にも嫁がと喜んだのも束の間、仕官ができぬでは所帯も持てませぬ」

と母が嘆いた。

「母上、それがし、尚武館で霧子とともに剣術修行することが大事なのです。どうかお気になさらないでください」

　と嘆く母を利次郎が慰めた。

　鍛冶橋を渡り、小梅村に戻る道中、利次郎が、

「若先生、これでさばさばしました。天明の大飢饉の最中、新たに家臣を増やす藩などあるはずもございません。そんな折りに殿のご配慮で仕官してはそれがし、生涯他の藩士方に遠慮しながら生きていかねばなりません」

　利次郎の潔い言葉に磐音は応える術を持たなかった。そして、天明の大飢饉はなにも陸奥、出羽一円のことだけではなかったと改めて考えさせられた。

「藩主豊雍様にもお気を遣わせてしもうたな」

「若先生、それがし、気持ちを新たに剣術修行に邁進します。いましばらく尚武館の長屋に居候（いそうろう）させてください」

　磐音は利次郎の言葉をただ頷いて聞くしかなかった。

　しばらく無言で歩いていた利次郎が、

「若先生、過日申し上げた尚武館坂崎道場の改築完成の祝いの一件、ただ今申し上げてもようございますか」

と話題を変えた。気分を変えたかったのだろう。

「なんぞ成案なったかな」

磐音はほっと救われる気持ちで応えていた。

「神保小路時代、佐々木先生は江戸の剣術家らと広く交際しておられました。それが佐々木先生の死で途絶えております」

「それがしに力がなかったばかりゆえな」

「いいえ、若先生は佐々木先生亡き後、江戸を離れざるを得なかったのです。致し方ないことです」

「それでなにを考えられた」

「安永五年（一七七六）、佐々木玲圓先生は神保小路の道場の大改築に着手なされました」

磐音は頷きながら、磐音自身の運命が大きく変わった時期であったことを思い出していた。

吉原の太夫であった白鶴こと奈緒が紅花大尽の前田屋内蔵助に身請け（みうけ）されて出羽国山形に去り、おこんが気うつの変調を見せた最中でもあった。

そんな最中、玲圓は佐々木道場の大改築を企てた。

磬音が気うつのおこんを伴い、法師の湯に療養に行っている間も佐々木道場の大改築は進行していた。

気うつから立ち直ったおこんを伴い江戸に戻った後、磬音は玲圓から重大な申し出を受けた。直心影流尚武館佐々木道場と名を変えた道場の跡継ぎにならぬかという申し出であった。その道場からの帰路、磬音は病臭のする刺客に不意を衝かれ、右上腕と脇腹に傷を負った。

剣客坂崎磬音の数少ない不覚であった。それでも佐々木玲圓は磬音に後継を願い、磬音は承諾した。

そして安永六年（一七七七）の五月十日、尚武館佐々木道場の柿落としが催された。

「あの柿落としに錚々たる剣術家三十六人が招かれ、尚武館の四人を加えた四十人で、東西に分かれての勝ち抜き戦が催されました」

「養父佐々木玲圓の人格と武名があってなしえたことじゃ。ところがその大事な折りにそれがしは名を連ねることもできなかった。刺客に襲われた傷の治療中でな、情けなき事態であった」

磬音の言葉に利次郎はただ頷き、先を続けた。

「白熱した戦いが続き、四十人が五人に絞られ、籤引きの結果、無外流山田傳蔵様が不戦勝になられました」

他の四人は尾張柳生新陰流の柳生多門助、霞新流根来小虎、直心影流本多鐘四郎、ただ今の依田鐘四郎、それに上泉流の安藤景虎であった。

勝ち残った中の一人、根来小虎が、不戦勝の山田傳蔵の相手にと、坂崎磐音の参戦を玲圓に望んだのだ。玲圓が磐音と他の四人の了解をとり、改めて六人による勝ち抜き戦が行われた。

「六人のうち、勝ち残られたのは柳生多門助様、根来小虎様と若先生でございました。今もそれがし、あの光景を忘れませぬ。柳生様は八双、若先生は正眼で立ち合い、長い睨み合いが続きました。その後、激しい打ち合いに移り、柳生様の面打ちと若先生の胴打ちが相打ちかと思われるほどに互いを襲い、寸毫の間で若先生が勝ちを得られた。最後は根来小虎様と若先生の決戦になり、後の先で若先生が面をとり、根来様は二本目にすべてをかけて必殺の突きで応じられました。それをまたも若先生は胴打ちで破られた」

利次郎の言葉は遠い昔の自分を思い出させた。刺客に不意を衝かれた己、その体で山田傳蔵、柳生多門助、そして根来小虎になんとか勝ちを得た悔いばかりの未熟な時代であったと、磐音は思った。

「利次郎どの、あの尚武館佐々木道場の柿落としを再現しようと言われるか」

「いけませぬか」

「あれは佐々木玲圓その人にしかできぬ柿落としであった」

はい、と利次郎が返事をした。

「そこで神保小路時代にお付き合いのあった各流派の道場に声をかけ、改築祝いにお招きすると同時に各道場の門弟衆を何人か選抜し、祝いの対抗試合をするのはどうでございましょう」

「ほう、剣術家、道場主ではのうて各道場の門弟衆を招き、稽古試合をなさんということか。利次郎どの、考えられたな」

「なにしろ道場主の対抗戦となれば、勝ち負け如何(いかん)では道場運営に関わります。ですが、門弟衆の対抗戦ならば、嫌だと申されるところはございますまい」

「そうであろうか」

「それにです、若先生。ここからがそれがしが知恵を絞ったところにございます。江戸の道場の対抗戦となれば必ずや話題にのぼります。直心影流尚武館道場の再興のためにもこの企ては大事かと、重富利次郎、自画自賛しておるところですが、いかがにございますか」

「それがしの名でお招きして受けてくださる道場があろうか。それがしには佐々木玲圓の人徳も武名もない」

「若先生、違いますぞ。もはや坂崎磐音は東国の剣術界に知られた名前にございます。師範の依田鐘四郎様にも内々に相談したところ、面白いではないかと賛意を得ました。佐々木玲圓先生の後継にして先の西の丸家基様の剣術指南、ただ今は御三家紀伊藩の剣術指南、だれにも文句は言わせません」

利次郎が張り切り、熱弁を振るった。

「かような交流試合を行えば江戸の剣術界が活気を取り戻すこと間違いなしにございます。いかがお考えでございますか」

「利次郎どの、驚いておる。それがしの考えに全くなかったことでな、そのような企てができるなれば面白かろう」

「紀伊藩の田崎元兵衛様も、町道場ではないがうちも出たいとおっしゃっておりました」

「なに、町道場と一緒に紀伊藩も対抗戦に参加したいと申されるか」

「若先生が指導しておられるのです。紀伊藩の江戸藩邸選抜組が加わってなにか差し障りがございましょうか」

「はて」

磐音には想像もつかなかった。さらに利次郎に、

「となれば尾張藩とて黙っておられますまい。きっと選抜して出たいと申されます」

と言われ、しばし磐音は沈思しながら歩いた。

田沼一派との暗闘が続いている最中に、尚武館坂崎道場改築祝いの各道場対抗戦を開催したら、どのような影響をもたらすか。

その懸念があった。

「まずは速水左近様、依田鐘四郎どの、神保小路時代の先輩門弟衆に相談してみよう」

「必ず面白いとおっしゃいます」

利次郎は言い切った。

「仕度に時がかかろう」

「神保小路の尚武館の柿落としは五月十日にございました」

「小梅村も五月十日に催すことを考えておられるか」

「はい」

どの程度の規模になるかは分からないが、それなりの費えも考えねばなるまいと思った。

「利次郎どの、かたちになるとよいな」

「若先生、反対ではございませぬか」

「最前も申したように、速水左近様方にご相談申し上げる。それまで待ってくれぬか」

磐音は利次郎に答えた。

二人が小梅村に戻り着いたとき、道場では職人衆や辰平ら住み込み門弟が加わり、改築がなった道場の掃除をしていた。残るは別棟の更衣室、厠、水場などのみだ。

掃除の様子を速水左近、依田鐘四郎、今津屋の老分番頭由蔵らが見ていた。

「おお、戻ってこられたか。神保小路とは比較にならぬが、なかなかの道場になりましたな」

尚武館の師範格の依田鐘四郎が声をかけた。

「蟹(かに)は甲羅(こうら)に似せて穴を掘ると申します。それがしにとっては十分すぎるほどの道場にございます」

と笑った磐音は、

「ちと皆様にご相談がございます」

母屋に移ることを願った。

利次郎は外着から稽古着に着替えて掃除に加わった。

母屋の縁側では金兵衛とおこんが、空也と睦月を遊ばせていた。

「父上、お帰りなさい」

と空也が言い、頷いた磐音が、

「ちと速水様方に相談がある」

とおこんに言った。

「では、こちらへ」

座敷に四人が上がり、金兵衛は睦月を抱えてその場から下がった。

「おこんさんに土佐藩邸に立ち寄られたと聞きましたがな、その一件にございますかな」

「由蔵どの、そちらは厳しい返答でした」

「利次郎の仕官はなりませぬか」

「師範、土佐藩も天明の大飢饉のせいで仕官どころではないそうな。いえ、山内豊雍様はなにも仰せにならなかったものの、利次郎どのの父御が藩内に反対の意見があったことを話されました。このご時世です、致し方ございますまい」

「利次郎は落ち込んでおりますか」

「師範、それがさばさばしておりまして、これで尚武館の修行に熱中できるといった感じにございました」

「あいつもでぶ軍鶏時代の利次郎ではないな」

「その利次郎どのの申し出が、相談ごとにございます」

磐音は三人に尚武館坂崎道場の柿落としを説明した。

「五月十日となると二月余しかございませんな」

由蔵が仕度をする期間を案じた。

「それがし、内々の相談を受けておりました。やはり直心影流尚武館坂崎道場、ここにあり、と世間に知らしめるのは悪いことではございますまい」

鐘四郎の言葉に磐音は速水左近を見た。

「あの時節、尚武館には佐々木玲圓といわれる武人がおられた。いや、磐音どの、勘違いするでないぞ。そなたが玲圓先生に劣るというのではない。今のそなたにはあの折りの玲圓どのより巨大な敵が牙を剝いて虎視眈々と身構えておる。佐々木玲圓どのとてその餌食になられたというのは言い過ぎか。ともあれ、田沼父子がどう受け止めるかを考えねばなるまい。その上でこの企ては催したほうがよかろう」

「それがしもそう考えましたゆえ、お三方にご相談申し上げたのです」

「剣術家が同好の士を招いて武術試合をなしてはなりませぬか」

「由蔵、相手がどう受け止めるか、老中に揚げ足をとられぬ用心が肝要じゃ。そして、催した後、田沼父子が小梅村恐るべしと考えるような企てでなければならぬ。そのために各道場ではのうて、紀伊家、尾張家など大名家に出場の機会を願うのはよいことやもしれぬ」

磐音は速水左近の言葉に頷いた。

「費えも要りましょうな。神保小路の柿落としには空の醬油樽を置いて有志から寸志を募ったな」

鐘四郎が案じ、

「あの頃は門弟衆も多うございました。できることなれば門弟衆や出場者に負担をかけたくはございません」

と磐音が答えた。

「まずはただ今の尚武館坂崎道場と親しい交わりのある大名家に声をかけて、どれほど応募があるかを内々に確かめるのが先じゃな」

速水左近の言葉に磐音ら三人が頷き、由蔵が、

「これでまた先々の楽しみができました」

と笑った。

第三章　五十次の始末

一

江戸で桜の満開が伝えられると、上野の山や飛鳥山など桜の名所には大勢の花見客が押しかけ、賑わいを見せていた。

小梅村と須崎村の境にある長命寺前の川面にも花見舟が繰り出して、隅田川端に浮き浮きとした雰囲気があった。

尚武館坂崎道場では普請が終わり、仮道場も撤収されて、改築なった道場で門弟衆が以前にも増して熱心に稽古を続けていた。

この日、磐音は住み込み門弟らとの稽古を終え、久しぶりに設楽小太郎を指導した。

小太郎は幼くして悲劇を経験していた。

父設楽貞兼の酒乱とその妻お彩への乱暴だ。あまりの無体に家来の佐江傳三郎が主夫婦の中に入り、刃を振り回す主を止めようとして誤って刺殺した。佐江はその場で切腹しようとしたがお彩に止められ、ともに設楽家から逐電したのだ。

十三歳の小太郎は武家の仕来りにより、剣術の師でもあった佐江と母を追う仇討ちの旅に出る。

その折り、設楽家に出入りの木下一郎太に頼まれて、磐音と一郎太が小太郎に同道し、見事仇討ちを果たした。

十三歳で直参旗本の当主となった小太郎は、神保小路尚武館佐々木道場に入門した。

だが、それから一年もしないうちに尚武館佐々木道場は潰され、磐音らは流浪の旅を余儀なくされた。

磐音らが江戸に戻り、小梅村に小さな道場を開いたとき、小太郎は磐音と改めて師弟の契りを結んだ。されど、隅田川を渡って毎日稽古に出向くことはできなかった。それでも三日に一度は道場に通い続け、小梅村に来られない日は屋敷で稽古を積んでいる様子があった。

小太郎は十九歳になり、身丈も五尺八寸余と伸び、均整のとれた体に鍛え上げられていた。

磐音は小太郎に攻め続けさせた。小太郎は息も足の運びも乱れず、ひた押しに正面から攻めて臆するところがなかった。

四半刻後、顔を真っ赤にして動き続けた小太郎の息遣いに乱れが生じたとき、磐音から竹刀を引いた。

「小太郎どの、不断の研鑽がそれがしには感じられます。倦まず弛まず今の稽古を続けられよ」

はい、としっかりした返答をなした設楽小太郎が速水杢之助と右近のところに歩み寄った。今や尚武館坂崎道場の次の世代を担うべき三人だった。

磐音は続いて福坂俊次を呼び、指導に当たった。

俊次は江戸にも藩邸の暮らしにも慣れ、なにより豊後関前藩六万石の跡継ぎの覚悟が自らの中で定まった様子で、少しずつ挙動に自信が見えていた。

こちらも外連味のない攻めだった。

指導がひと段落したあと、

「江戸の暮らしには慣れましたか」

磐音は俊次に尋ねた。

「いえ、それがしが承知なのは駿河台と小梅村界隈くらいです。未だ江戸に慣れるまでには至っておりません」

藩主の福坂実高が自ら、大名家藩主たるべく城中での作法仕来りから藩邸内での家臣との関わりなどを俊次に熱心に教え込んでいた。ために、小梅村に稽古に来るときだけが俊次の気晴らしで、伸びやかに稽古をしていると磐音は見ていた。

「実高様が参勤下番(かばん)なされた暁(あかつき)には、藩邸の主を俊次どのが務められることになります」

「坂崎先生、それがしに務まりましょうか」

俊次は磐音を師として遇し、丁寧な言葉遣いで応対していた。むろん小梅村の道場にあるときのことだ。

磐音もまた藩邸で俊次に会う折りは、関前藩の跡継ぎとして丁重に接してきた。

「務まります。かたわらには留守居役の中居半蔵(なかいはんぞう)様ら信頼できる家臣が控えておられます。ゆるゆると江戸藩邸の気風に馴染まれることです。俊次どのならば、立派な関前藩藩主になられます」

有難うございます、と俊次が笑みの顔で応じたものだ。

磐音の背後から声がかかった。

「坂崎先生、ご指導を賜(たまわ)りたい」

俊次の稽古が終わるのを待っていたのは白河藩主松平定信だ。こちらは久しぶりの小梅村訪問で、機会を窺っていたのだ。むろん磐音も察していた。

「定信様、お待たせ申しました」

「藩邸で稽古を積んで参った」

「拝見いたしましょう」

磐音は定信と間合い半間、互いに正眼につけての立ち合いに入った。

藩邸で稽古を積んだというだけに隙のない構えだった。だが、これまでの伸びやかさが消えていた。どうやら磐音に認められたい一心で、油断のない構えに堕していた。

「定信様、勝ちに拘(こだわ)る剣術修行は下の下の策にございます。もそっと泰然と大らかに竹刀を構えてくだされ」

「うーむ、予の構えは勝ちに拘っておるか」

「定信様が目指される剣は白河藩の範たるべき王者の剣にございますれば、大らかにして伸びやかな構えでなければなりません。それがいつの間にか消えており申す」

「うーむ、どうすればよい」

迷う気持ちを定信は正直に吐露した。

定信は江戸起倒流の鈴木清兵衛の門下に入り、その指導を仰いだ。一時、木挽町の鈴木道場は、

「門弟三千人」

と豪語するほどに繁盛し、定信をはじめ、多くの大名家藩主を門弟にして威勢を誇っていた。だが、その鈴木清兵衛も坂崎磐音との、

「尋常の勝負」

により、その力の差を門弟衆の前で見せつけられ、面目を失していた。鈴木の背後に控えていた田沼意知にも激しく叱責されたのであろう、

「坂崎磐音憎し」

の一念を募らせ、再修行の旅に出ていた。

定信はこの江戸起倒流から直心影流に流派を変えて、剣風をどこに定めるべきか、迷いの中にあると磐音には見受けられた。

「定信様、それがしは一介の剣術家、小梅村の道場主にすぎませぬ。一軍一統を

率いる器ではございません。ために口では王者の剣と言いながら、自らはこれが王者の剣だと言い切れる心構えを持ち得ませぬ。されど剣術指南を看板に掲げる以上、定信様のお尋ねにお応えせねばなりますまい」

と言った磐音は定信に竹刀を真剣に替えるよう命じ、自らも刀架にあった五条国永を手に取った。

尚武館坂崎道場が緊張し、門弟たちが壁際に下がった。

数十人の門弟たちが下がったために、改築なった道場が見渡せた。道場の二方向は戸が開け放たれているため敷地の緑と道場がつながっているようで、実際以上に広く感じられた。

大工の棟梁銀五郎の工夫の成果だ。

その道場の真ん中に磐音と定信が対面していた。

磐音はまず定信を道場の端に座らせ、

「定信様、まずそれがしの動きをご覧あれ」

と語りかけた。

磐音もまた道場の床に五条国永を置き、結跏趺坐して瞑想した。すると磐音の五体が、咲き誇る桜花の香り漂う長閑な春風の中に溶け込んだ。

門弟たちも磬音の動きを凝視していた。

定信も刮目して見詰めていた。

どれほどの刻が流れたか。

磬音は眼を見開くと、五条国永を手に静かに立ち上がり、腰に差し落とすと鞘を払った。そして正眼に構えた。

ただそれだけの動きでその場の気配が変化した。磬音が手にした国永から、刃が内包する凄みや威圧感が一切消えていた。それでいてその場の気と時の流れを国永が支配していた。いや、磬音がその場とともに在ったのだ。

「定信様、それがしに斬りかかってこられよ」

「よいのか」

「それがしの命を絶つお気持ちにて斬りかかられよ。生半可な攻めの折りは、それがしが定信様のお命を頂戴いたします」

「よし」

定信が立ち上がると、つかつかと磬音の前に歩み寄り、すらりと剣を抜いて正眼に構え、磬音を睨み据えた。

一拍二拍、間があった。

踏み込もうとした定信の体が固まった。

うむ
と洩らした定信は必死に体を、剣を動かそうとした。だが、寸毫たりとも動かすことができなかった。

定信はただ真っ赤な顔で磐音を睨んでいた。

坂崎磐音は道場を吹き抜ける春風のように立っているだけだった。

「春先の縁側で日向ぼっこをしながら、居眠りしている年寄り猫」

と評される磐音独特の構えだった。

大らかで伸びやかで隙だらけに見えた。どこからも斬りかかれるかに思えた。だが、定信の体と剣は固まったまま動かず、またいつの間にか斬りかかる気持ちも失せていた。

「な、なんということじゃ」

と言葉を洩らす定信に、

「定信様が参らぬならばそれがしが攻めかかります。宜しゅうございますか」

「ううう」

こんどは声にならない声を洩らした定信には、磐音の五体が形あるようで形なく、吹き抜ける風そのもののように自在で、眼に見えないものに思えた。それほど大きな何かが定信の前にあった。

(致し方なき相手、どうなりともせよ)

定信はいつしかそんな気持ちになっていた。

そより

と磬音が戦いだ。

五条国永もまた風に変じて、定信の体を包み込むように振り下ろされた。

いや、定信が最後に意識したのは、抵抗心をなくした無防備の己だった。そして、磬音の剣もまた感情を超えて振るわれていた。

意識が途絶した。

定信が意識を取り戻したとき、道場の床に胡坐をかいていた。かたわらに自らの剣が鞘に納まってあった。

磬音もまた一間先に正座して、笑みを浮かべた顔で定信を見ていた。周囲では、すでに稽古が再開されていた。

「王者の剣とは相手を威圧することではのうて、得心させるものかと思います。一軍の将の剣は、抜かずして己に克つ心構えの剣であらねばなりません。そのために弛まぬ修行を続けるものかと存じます」

ふうっ

と定信が息を吐いて、

「予が見た剣さばきが、世に名高い居眠り剣法か」

「はてどうでございましょう」

「なにやら予はそなたの前に裸身を曝したようじゃが、気持ちは決して悪くない。いや、心地よい。究極の剣術家とは、戦う気持ちを失せさせるものか」

「剣術家は百年の孤独に耐える修行を絶やしてはなりませぬ。その上で剣を鞘に納め、戦いの場を避け、刃を抜かぬことを全うできるならば、その人物こそ究極の剣術家にございましょう」

「予は百年の孤独に耐えての修行など無理じゃ、剣者の境地には達せぬ。また、そなたが言うように剣を抜かずして事を収めることができようか」

定信が疑問を呈した。

「境地に達することが真の目的ではございますまい。日々無益と思える修行をなすことが大事かと存じます」

「わが剣術修行もまたさようあれと申すか」

「松平定信様がお考えになることにございます」

定信が沈思した。長い沈黙だった。

「坂崎磐音、剣術修行に目的があってはならぬ。強くなろうとか、相手を屈服させようとか、そのような考えは愚の愚じゃな」

「松平定信様もこの場に集う者たちも、坂崎磐音もまた皆、生涯修行の徒にございます」

「分かった、予はそなたを生涯の師としよう」

と定信が言い切った。二人だけの会話は門弟衆には聞こえない。また稽古中に松平定信と磐音の話に聞き耳を立てる者もいなかった。

「定信様、剣術家坂崎磐音は凡才にございます。それでもようございますか」

「先の西の丸家基様の剣術指南のそなたが凡才とな」

「それがし、定信様に、王者の剣などとさかしら顔に申し上げました。繰り返し申し上げますが、日々鍛錬し他人と戦わず、生涯剣を抜くことなく生を終える剣術家こそ、真の剣者にございます。この考えは王者の剣と一脈通じておりましょう」

磐音は言葉を切った。

「定信様、それがし、降りかかってきた火の粉とは申せ、幾多の戦いの血でこの五体は塗れております。もはやそれだけでも剣者の心得を語る資格はございません。それがしが稽古を怠らぬのは、それがしと戦い、斃れていかれた武人たちの霊を慰めるためでございます」

「ふうっ」

と定信が大きな息を吐いて、

「一つだけそなたに質したきことがある」

「なんでございましょう」

「過日、家臣の一人が『世相ともあれ』なる闇読売を見せおった。あの読売の意図するところは奈辺にあろうか」

「なぜさようなことをこの坂崎磐音にお尋ねにございますな」

「佐野善左衛門政言はそなたと付き合いがあると聞いたゆえな」

定信の意図するところが推測できなかった。しばし間を置いた磐音が、

「いささか因縁があることはたしかにございます」

「やはりそうであったか。いや、新番士にいささか同情を禁じ得ぬでな」

と謎めいた言葉で応じた定信が話を転じて、

「なにがあろうと、予がそなたを生涯の師とすると言うた言葉、撤回することはない」

と言い切った。

朝稽古が終わった。

俊次は母屋に向かい、速水兄弟や住み込み門弟らとともに朝餉と昼餉(ひるげ)を兼ねた食事をなした。

この日、おこんと早苗が相談し、通いの女衆らと一緒に仕度した膳は、浅蜊(あさり)の剝き身と油揚げを醬油で味付けした炊き込みご飯に、鯖(さば)と大根の味噌煮、漬物に五目汁であった。

二十数人の門弟たちが一斉に競い合うように食するのだ。忽(たちま)ちお代わりがきた。

磐音は俊次を隣に座らせ、一緒に食した。俊次は、ひと口ずつゆっくりと咀嚼(そしゃく)しながら食した。

「俊次様はさすが六万石の跡継ぎ、われらのように外道食いではございませんね」

利次郎が三杯目の丼飯を装(よそ)いながら言った。

「利次郎さん、それがしとて皆さんと一緒に飯を掻き込んだほうがどれほど美味しかろうと思います。ですが、そのような真似を屋敷で見せると、たちまち豊後に追い返され、また分家の部屋住みに舞い戻ることになります」

　俊次が笑って言った。

「そうか、俊次様はそれがしと同じく部屋住みの悲哀もご存じか」

「海に釣りに行くか、山に山菜採りに行くか、そのようなことを楽しみながら、豊後で生涯を終えるものと思うておりました」

「それが六万石の跡継ぎになる、どんなお気持ちですか」

「利次郎さん、どのような気持ちかは考えぬことにしました。これがそれがしの運命（さだめ）ならば、貫き通すしかないのです」

「えらいな、それがしなどいつも迷うてばかりだ」

「そのような利次郎さんをお好きな方がおられる。それ以上の幸せはございますまい」

「それがし、霧子と一緒に生涯尚武館で暮らしていきます。それが運命です」

「お待ちなさい、利次郎さん」

　ちょうど奥から姿を見せたおこんが言い出した。

「生涯お二人で尚武館におられるのでございますか」

「いけませぬか、おこん様」

「さあてどうしたものでしょう、亭主どの」

「はて、俊次どのではないが、利次郎どののもとにもなんぞよい知らせが舞い込んでくるやもしれぬ。そう決め付けることもあるまい」

「若先生、それがしのもとに六万石の跡継ぎの話がございましょうか」

「利次郎、身の程を知れ。そのようなことはないない。そなた、己の品格を考えぬか」

田丸輝信が言い切った。

「おや、田丸、おぬしに品格があるように聞こえるが」

「言うな」

と言い合うところに辰平が、

「あの者たちの話はさておいて、尚武館の柿落としの催しにございますが、ただ今の尚武館の門弟筋の大名家がすでに四家、いや五家、申し込まれる気配にございます。流派にこの話を流すならば何十組が申し込まれるか、想像もつきませぬ」

「なんぞ辰平どのに腹案がありそうじゃな」

「若先生は安永六年の柿落としのように、流派が競い合うような盛大な催しをお考えですか」

「辰平、なにを考えておる」

利次郎が辰平に尋ねた。

「利次郎、そなた、かような柿落としの剣術試合に出たいか」

「うーむ、それはだれもが出たかろう。安永六年の折りは師範の本多鐘四郎様と呼ばれていた依田様、糸居三五郎様、根本大伍様、田村新兵衛様の四人の先輩方が尚武館を代表して出られた。われらはただ憧れの眼差しで依田様方の奮闘を見ておった。こたびはわれらの時代と思わぬか」

「それをお決めになるのは若先生だ」

「それは分かっておるが、そなた、なにを考えておる。正直に言え」

利次郎が辰平を凝視した。

辰平が改めて磐音に許しを乞うように見た。

「忌憚のない考えをお話しなされ、辰平どの」

二

「安永六年の柿落としと天明四年とでは、尚武館を取り巻く事情が大きく変わっておるように思えます。あの当時の神保小路の尚武館は、幕府官許の道場のような趣（おもむき）がございました。世間もそのように見ていたのではございますまいか。それが家基様の死以来、がらりと変わったように思えます。城中の実権をあの父子が握られ、若先生は江戸を離れられた」

「辰平、今さらそのようなことを言わんでも、この場にある全員がおよそのことは承知だ」

利次郎が抑えた口調で言うのへ、磐音が、

「利次郎どの、辰平どのの言い分をまず最後まで聞こうではないか」

とそれを制した。

「おっ、これはしまった。辰平、謝る」

利次郎が気付いて詫びた。

友に会釈（えしゃく）した辰平が一拍おき、心を鎮めて言葉を続けた。

「そう、皆が知っておることだ。そして、尚武館はかように江戸で蘇った。城中のだれしもが尚武館坂崎道場の動きを注視しておられる。またあの父子は常に虎視眈々と尚武館潰しを狙うておられる。過日も霧子が生死の境をさまようたことは、それがしがここで言わずともよかろう。だがな、われら、常にあの方々との戦いに身を曝しておるゆえに、つい戦いに慣れてしもうたのではないかと、油断しておらぬかと案じるのだ。敵を恐れることはない。だが、付け入る隙を与えることもない」

「分からぬ、そのことと剣術大会の催しがどう関わる」

「利次郎、ここからが本論じゃ。今、尚武館が御三家をはじめ、各流派の実力者を小梅村に集めて剣術試合をなせば、あの父子の気持ちを逆撫でするとは思わぬか。尚武館がまた反神田橋派の拠点になると警戒されるのではないか」

「辰平、あの父子の思惑のためにこの企てをやめよと申すか」

「違う、もう少し話を聞いてくれぬか」

「分かった、続けよ」

会話は辰平と利次郎の間で進み、磐音らは辰平の真意がどこにあるのか、全神経を集中していた。

「ただ今の尚武館坂崎道場は再興の途次にあると考える。いつの日か川向こうに戻り、直心影流尚武館坂崎道場の看板を掲げたときこそ、安永六年に催されたような剣術大試合を行えばよいと、それがしは思うたのだ」

ううむ、と何人かが唸った。

辰平は話を続けた。

「ただ今は、あの父子の気持ちを逆撫でするよりも世間を味方につけるときだ。ゆえに尚武館に関わりのある大名家や各流派の、とりわけ若い方々をお招きして、試合をしたらどうかと考えたのだ。この尚武館でいえば、設楽小太郎どのや速水兄弟のような若い方々が目標を持てる剣術試合の体がとれぬかと思うたのだ。ならば、世間の一部の耳目が小梅村に集まったとしても、あの方々をさほど苛つかせることはあるまい。このようなことを考えたのだ、利次郎」

辰平がいったん締め括った。

「分からん、若い連中の剣術試合とただ今実力一等の高弟の剣術試合とどう違うかがな。第一、かような試みは世間に評判になってこそ、あの方々も手が出せないのではないか」

「利次郎、すでに小梅村の道場には御三家の尾張藩と紀伊藩の方々が稽古に来ておられる。さらには会津藩、小浜(おばま)藩、関前藩と申し込みが内々にあった。世間にこの試みが公表されれば、大名家や各流派が多数申し込んでこられよう。となれば大評判になり、藩の体面や流派の意地をかけて大騒ぎになる。さすれば老中、若年寄父子が眼を光らせ、なりふり構わず尚武館の力を削(そ)ぐことに躍起になられよう。剣術試合に邪魔が入るやもしれぬ。それが尚武館坂崎道場にとってよいことかどうか、ついそのようなことを考えたのだ」

と一統に自らの考えを披露した辰平は磐音に向かい、

「差し出がましいことを申し上げました。お叱りは覚悟の前にございます」

と平伏した。

磐音はしばし瞑想した。そして長い沈思のあと、口を開いた。

「辰平どの。それがし、大局が見えぬようになっておったようじゃ。そなたの指摘、もっともでござる。われら直心影流尚武館道場の目的は世間を騒がすことでもなければ、江戸剣術界の力を糾合することでもない。ただ今のそれがしにその力はない。安永六年の剣術大試合は養父佐々木玲圓あったればこそできたことにござる。立場が違うことをそれがし、失念しておった」

「若先生、それがし、大先生と若先生を比べようなどという気持ちはかけらもございません。われらを取り巻く状況がすべて家基様の死から変わったと申し上げたかったのです。いえ、このこと自体、余計なことでございました」

「いや、よう指摘してくれた、辰平どの」

磐音は辰平の危惧を感じ取った。

田沼父子と対決するときは一度きりの最後の戦いとすべきだ。どのような理由であれ、大名諸家、各流派を巻き込んではならない。決戦を前にあの父子を刺激するような真似をしてはならないのだ。

「若先生、辰平の言うことが今一つ得心できませぬ」

利次郎が言った。

「そうじゃな、ふだんどおりの稽古、修行の中でわれらができることはなにか。剣の道を志す若い方々に場を与え、われらはその下働きに徹することこそ、ただ今の尚武館の務めやもしれぬ。そのことを辰平どのは忠言なされたのじゃ」

ふうん、と利次郎は鼻を鳴らすと腕組みして考え込んだ。

「辰平どの、まだ言い残したことがあるのではないか」

「それでも、小梅村にて若い方々が一堂に会する剣術試合を挙行すれば、これまた江戸じゅうの話題になりましょう。そこで一日に数組ほどを尚武館にお招きして試合をなし、月日をかけて勝ち残った二組で決勝戦を催す。となれば、この企てては人知れず続き、徐々に熱を帯びて決勝の日を迎えることになりませぬか」

「なんとも気の長い話じゃな」

利次郎が呟き、磐音が応じた。

「いや、よい考えじゃ。出場資格は二十歳以下と考えておられるか」

「それはこれから話を詰めていけばよいことと思います」

「辰平、いずれにしてもわれらに資格はないのじゃな」

田丸輝信は力が抜けたという表情で言い出した。

「いえ、これは決定ではございませぬ。すべては若先生のお気持ち一つ、われらが若い連中の援けに回ることも修行の一つと言えまいか」

「うーん、なんとのう辰平の言うことは分かった。じゃが、田丸と同じように力が一気に抜けた」

利次郎が正直な気持ちを吐露した。

磐音が小田平助を見た。

「平助どの、いかがですか、辰平どのの考えは」

「若先生、わしは安永六年の尚武館柿落としを知らんもん。ばってん、辰平さんの考えは目からうろこたいね。こん年寄りも思い付かんじゃった。いかにもあの父子の目に留まることは得策とは思えんもん。若い人のくさ、力をつける手伝いを地道になすことがくさ、尚武館坂崎道場がお城近くに戻るたしかな方策と思いますばい」

平助が賛意を示した。

「この場で資格のあるのは速水杢之助どの、右近どのの兄弟か」

利次郎が一座を見回した。

「いえ、俊次様もおられます」

杢之助が俊次のことを気にかけた。

「杢之助どの、それがし、歳では資格がございますが、実力が足りませぬ」

こちらも実に大らかな返答だ。

「俊次様は豊後関前の代表で出られぬか、それとも藩主の跡継ぎがかような剣術試合に参加するのは御法度かな」

利次郎が話に加わった。もう己が剣術試合に出ることを諦めた様子が感じられた。

「剣術は武士の本分にござる。藩主の跡継ぎが出てはならぬということはございますまい。この話が本決まりになった暁には俊次どの、実高様と相談なされませ」

磐音が穏やかに言った。

「若先生、辰平さんの案に方針を変えられますか」

神原辰之助が念を押すように言った。二十歳以下となれば辰之助も資格がなかった。

「辰之助どの、尚武館の柿落としに剣術試合をと最初に思い付かれたのは利次郎どのじゃ。そのあと、速水左近様と今津屋の老分由蔵どのの賛意を得て、内々に推し進めて参った。それがし、まず発案者の重富利次郎どのの許しを得たい」

「若先生、それがし、ようやく辰平の言い分が理解できました。いかにも安永六年の剣術試合を超える催しは、尚武館が江戸に戻った折りに挙行いたしましょう。こたびは若い連中の士気を鼓舞する場にするのがよいと考えます」

利次郎は川向こうを江戸と表現した。

隅田川を挟んだ距離だが、小梅村では尚武館が再興なったとは言えなかった。

田沼父子との対決を制して、

「尚武館佐々木道場」

の看板を江戸に掲げたとき、家基の、玲圓とおえいの無念が晴らせるのだ。道半ばということを磐音は失念していた。それを辰平に教えられたのだ。

「ご一統、それがし、辰平どのの提案をとくと考える。いや、もう肚(はら)は定まっておるのじゃが、その前に速水左近様にお断りしておきたい」

と磐音の言葉でその場の話し合いは終わった。

磐音はこの日のうちに、稽古を終えた杢之助、右近兄弟に同道して速水邸を訪れた。折りよく速水左近は在宅していて、磐音の話を聞いてくれた。そして速水の感想は、

「磐音どの、よき門弟を持たれたな。松平辰平も重富利次郎も、もはや一廉(ひとかど)の剣術家に成長された」

というものであった。そして、

「いかにも神田橋と木挽町の父子は絶頂期にあらせられる。かような時は自然の理(ことわり)に逆らってな、突っかかるのも考えものじゃ。ならば、大雨に増水した水が土手を越えるのを待つほうがよい。ただ今の父子に抗うたとしても、不愉快が増すだけじゃ。下手をすると腹を切らされ、家は断絶の憂き目に遭う。いや、腹を

切って幕政がよくなるのならそれもよい。じゃが、天明の大飢饉の最中に幕臣がかような無益をなすのは愚かというものじゃ」

　と言葉を継いだ速水が、

「まず尚武館と関わりのあった大名家に、武芸切磋(せっさ)のためにかような催しを企てた旨、誘いをかけてみようか。流派を招くのは次の機会でもよいではござらぬか」

「それがしも、各流派を招くとなると過剰に盛り上がり、対抗心が先走り、本来の武術鍛錬の一環が競い合いにならぬかと案じておりました。ただ今のところ紀伊、尾張、会津、小浜、関前藩の五家から内諾を得ております。ですが、この内諾は藩を代表する剣者の出場する剣術試合にございます」

「磐音どの、二十歳以下の若武者に限るならば、いずれの藩もそう気張らずこのまま出場なさるのではないか」

「と思えます」

「安永六年の柿落としには福岡藩、土浦藩、金沢藩、薩摩(さつま)藩、鳥取藩が出られておったな」

「そのほかに高遠(たかとお)、仙台、福島、新発田(しばた)、徳島、津、高崎、亀山藩から参加なされておられました」

磐音は安永六年の柿落としの参加者の出自を調べて速水家を訪れていた。

「となると、すでに内諾を得ておる五家に加え、十三家が加われば十八家じゃぞ」

「速水様、十三家の中にどれほど出ると望まれる藩がおられるか。あの折りとは事情が違います。まあ、よくて半分の六家、紀伊藩ら五家を加えて十一家、それに尚武館が加われば十二家にございます。尚武館小梅道場の催しとしてはなかなかかと存じます」

磐音は田沼父子のことを考え、当然遠慮する大名家が出るものと考えていた。

「磐音どの、そなたが趣意書を認めなされ。さればこの速水が密かに十三家に声をかけてみよう。むろん城中で声をかけることはせぬ。剣術愛好の同志としてそれがしが相手先の屋敷に出向く」

家治の御側御用取次を長年務め、ただ今奏者番の地位にある速水左近の顔は広かった。

「尚武館の雑事を速水様にお願いしてようございますか」

「それがし、尚武館の後見を自任しておるでな、これくらいは働かねばなるまい」

　と速水が快く引き受けてくれた。

　磐音は帰りに今津屋に立ち寄った。そして、ここでも尚武館が主催する剣術試合の内容の変更を説明し、また速水左近の反応も伝えた。

　今津屋の奥座敷に通った磐音は、主の吉右衛門とお佐紀夫婦、それに由蔵の三人に事情を話すと、

「ほうほう、そのような意見が松平辰平様から出ましたか。ただ今の坂崎磐音様へはなかなか言えぬ言葉にございますな」

「由蔵どの、速水左近様からもよき門弟を持たれたと言われました」

「若先生の薫陶を受けてかような門弟衆に育たれたのです。尚武館の伝統は佐々木玲圓先生亡きあとも脈々と受け継がれておりますな。これこそ尚武館の宝物にございますよ」

　吉右衛門も言い、

「速水左近様が動かれますか。それにしても若先生の見立てはいささか厳しゅうございますな」

「十三家のうち、半数しか参加せぬと考えましたが、もう少し少ないでしょうか。まあ、二家でも三家でも参加してくだされば、辰平どの方も働き甲斐があるというものです」

「いえ、そうではございませんぞ」

「吉右衛門様、一家も応じてはくれませぬか」

「いえ、十三家どころか、その噂を伝え聞いた大名家が多数申し込んでこられましょう。間違いございません」

「そのようなことがございましょうか」

「若先生、旦那様のお考えにこの由蔵も賛成です。まずは十八家に限られることです」

と由蔵も言った。

「うーん」

と首を捻る磐音に、

「坂崎様、そなた様はご自身のことを認めようとはなさいませぬ。ですが、その武名はすでに江戸じゅうどころか関八州一円に定まっております。だれもが声は出さずとも、坂崎磐音様の振る舞いを注視しておるのでございますよ。なにしろ全盛を誇る田沼意次様、意知様の父子に真正面から立ち向かい、一歩も引こうとなさらない勇気と行動の人は、そなた様のほかはおられませぬ。口にはされませぬが、密かに応援しておるのです」

と由蔵も言い切った。

磐音は一剣術家として幕政の中枢にある老中、若年寄父子と相対さねばならぬ状況を不運と感じつつも、同時にそれが宿命とも悟っていた。

夕餉を馳走になり、磐音が今津屋を出たのは五つ半（午後九時）過ぎのことだった。

桜花の季節なのになぜか両国西広小路の人の往来が絶えていた。

両国橋を渡り、東広小路に出て、大川左岸沿いに横網町へと上がっていった。

磐音は駒留橋辺りで花見客に出会った。

川上からよろよろと酒に酔った花見客が丸めた筵を小脇に抱えたり、貧乏徳利をぶら下げたりしながら、道幅いっぱいに広がって歩いてきた。

長命寺辺りで夜桜を見物し、本所辺りの裏長屋に戻る連中か。

「酒に酔うたか桜に酔うたか、わたしゃ、おまえさんの膝枕で寝てみとうござんすーよ」

と思い付きの歌か、最後は節がついた。歌っているのは筵を左の小脇に抱えた男で、後ろ襟に桜の一枝を差し込んでいた。常夜灯の灯りにその桜が鮮やかに浮かんでいた。

磐音が橋の欄干に寄って酔っ払いの花見客を避けようとした。

男がよろけ、

「おや、どなた様にござんすか」

と腰を落とした格好で磐音に尋ね、がくがくと顎を上下させて小脇の筵に手を差し伸べた。

その動きに後ろ襟の桜の一枝から花びらが散った。

男の手もとで刃が光った。

磐音はそよりと男の右に寄ると、筵から刀を抜いた腕を摑み、男の動きに合わせて駒留橋の欄干越しに川面へと投げ落とした。

ざぼん

水音が響き、酔っ払いの花見客を装った男らが手に手に得物を握って磐音を囲んだ。その数、十数人だ。一見町人の形だが、武士が町人になりすましていると思えた。その背後に年老いた剣客が控えていた。身丈は五尺一、二寸か。黒塗りの大小を手挟（たばさ）んだ姿はぴたりと決まっていた。

なかなかの手練れと磐音は見た。

「そなたら、それがしを承知の上か」

老剣客は無言で仲間たちに合図した。

磐音は包平（かねひら）の柄（つか）に手をかけた。

その瞬間、大声が響いた。

「火事だぞ！」

聞き慣れた声だった。

舌打ちが老剣客の口から洩れて、男たちは大川端へと走って消えた。老剣客が最後まで残った。

「また会いそうな」

磐音の言葉に答えようとはせず、ゆっくりと仲間を追った。どうやら大川端に船を待たせていたらしい。

「若先生、新手ですかえ」

と言いながら姿を見せたのは弥助だった。

「はて」

「霧子が追うておりますから、いずれ正体が知れますよ。それよりこの界隈を騒がせました。急いでわっしらも退散しましょうか」

弥助の言葉に磐音は闇に紛(まぎ)れるように横網町へと走り込んだ。

三

霧子が小梅村に戻ってきたのは深夜を過ぎた刻限だ。

磐音はその夜、速水左近に願われた若手剣術家による対抗試合の趣意書の文言を考えながら起きていた。

一、尚武館は小梅村の尚武館坂崎道場を改築した記念に団体対抗戦を主催する。その趣意は、剣術の普及と若手の育成にある。

二、参加資格者は新旧尚武館に関わりがある大名諸家家臣に限り、尚武館より一組が加わるものとする。

三、出場者は二十歳以下とする。三人一組として対戦し、二勝以上した組が勝ち上がるものとする。

四、勝ち残った二組にて決勝戦を催す。
五、対戦相手の組み合わせは抽選にて行う。
六、第一戦は五月十日四つの刻（午前十時）開始、一日に四組を尚武館に招いて二戦を行う。さらに三日後に第二戦をと、順次行い、第一回戦の勝ち残り組が決定したところで第二回戦の組み合わせ抽選を行う。
七、最終戦はおよそ一月後に催す。
八、試合の名称は「尚武館改築祝い　大名諸家対抗戦」とする。
などを記した趣意書とその試合方法の下書きを認め終えた。

庭に人の気配がして、

「若先生、霧子が戻ってきました」

と弥助が潜み声で告げた。

磐音は、霧子が戻ったならば教えてくれるよう弥助に願っていたからだ。

すぐに雨戸を一枚だけ押し開くと、そこに弥助と霧子の師弟が立っていた。

「ご苦労であったな。ささっ、座敷に上がられよ」

と磐音は二人を招き上げた。

忍び装束の霧子は落ち着いた表情で、

「若先生、あの者たちは旧江戸起倒流鈴木清兵衛道場に戻りましてございます」

と報告した。なんとなく予想されたことではあった。

「あの老人が新たな道場主か」

「いえ、道場主に従う者にて笠間(かさま)玄蔵(げんぞう)なる人物だそうです」

「道場主どのは未だ姿を見せぬのか」

「はい、道場主を知る人物は笠間老人だけとか。最前、若先生を襲った連中も、道場主は真におるのか、あの笠間老人がわれらの道場主ではないのかと、道場に逃げ戻ったあと、酒を飲みながらわいわいがやがやと話し込んでおりました。若先生が駒留橋から水面に投げ落とした舞城(まいじょう)なる剣術家が、『油断をした、この次は必ずこのわしが坂崎磐音を仕留めてみせる』などと大声で騒ぎ立てるものですから、およその事情が床下に忍び込んだ私の耳に筒抜けになりましてございます」

「ご苦労であったな。鈴木清兵衛どのと新たなる道場主に、関わりがあるのかないのか、しばらく様子を見るしかあるまい」

「はい」

と霧子が頷き、

「その道場に土子順桂どのはおられまいな」

「だれの口からも土子様の名前は出てきませぬ」

「おそらく土子どのは、独りで田沼父子への義理を果たそうと考えておられるのであろう。となれば」

と磐音は途中で言葉の先を口にしなかった。だが、弥助も霧子も土子順桂吉成が田沼の放つ最強の刺客であることを承知していた。

「遅くなりましたな、お互い休みましょうか。明日があります」

磐音は弥助と霧子の師弟を長屋へと送り出した。雨戸を閉めた磐音が寝巻に着替えて寝所に入ると、おこんが、

「霧子さんが戻ってこられたのですね」

「起こしたか、すまなかった」

「いえ、これで安心して休むことができます」

おこんの言葉に頷きながら、次の間に休む空也と睦月の寝姿を有明行灯（ありあけあんどん）の灯りで確かめ、磐音は眠りに就こうとした。

「書き物は終わりましたか」

「下書きを終えたところじゃ。そなたの養父御の手を煩わす趣意書ゆえ、そうす

らすらとは書けぬな。何事も年季を積まぬと、意のままにはできぬものじゃな」

と苦笑いした磬音に、

「おまえ様、このところ働きすぎでございますよ」

とおこんが言った。

「歳を考えよと申すか」

「それはお互いさまにございます」

「剣術家の不惑は並みのお方の五十、いや、還暦の歳に匹敵しよう。ようも修羅場を潜り抜けてきたものよ」

「未だ大敵が行く手に立ち塞がっております」

「いかにもさよう。養父と同じように、死の時まで戦い抜くしか道はあるまい。おこん、許せ」

磬音の言葉におこんから返答はなかった。もう眠りに就いたか、と磬音も両眼を閉じた頃合い、

「そのことを承知して夫婦になったのです。茨の途をともに歩むのは覚悟の前にございます」

おこんの呟きが磬音の耳に届いた。

次の日、朝稽古が終わった後に師範の依田鐘四郎、住み込み門弟の松平辰平、重富利次郎、田丸輝信ら尚武館一家が母屋の板の間に集い、磐音の下書きを取り囲んだ。

「おおっ、だんだんと利次郎さんと辰平さんの発案がかたちになっていきます」

神原辰之助が覗き込んで、喜んだ。

「若先生、大名家に限られましたが、うちの門弟には速水様のように大身旗本もおられます。さような旗本筋から申し込みがきませぬか」

「趣意書の一に申し述べたとおり、目指すは剣術の普及と若手の育成にある。内々での参加を集うゆえ、そう数は増えまい」

「若先生、同じ道場の改築の柿落としとはいえ、安永六年とはいささか趣旨が違いますでな、見当もつきませぬな」

あの折りの正式な参加者の一人、依田鐘四郎が言った。

「師範、比較にもなりませぬ。江戸武術界の最長老、神道無念流野中権之兵衛様のゆかしい古武術演技から始まった神保小路尚武館道場の柿落としは、それがしにも忘れ得ぬ経験にございました。こたびはあくまで広く若手が交流し、その普及育成が狙いです。また個人戦でもございません。三人がいかに互いに助け合い、足りぬところを補って勝ち進むか、そこが見どころでしょうか」

　磐音の言葉にうんうんと一同が頷いた。

「若先生、剣術試合の勝ち組にはなんの褒賞もございませんか」

　田丸輝信が言い出した。

「うむ、それは考えておらなんだ。とはいえ、若手育成の剣術試合の勝者はその名誉だけではいかぬか」

「それがしが愚考しますに、小梅村の尚武館が初めて主催する剣術試合にございます。この催しを世間に認知させ、長く続けるためにも、なんぞ形になるものがあったほうが張り合いもあろうかと存じます」

「たとえばどのようなものか」

「そうですね、大小とはいかぬまでも短刀の一振りとか。剣術に没頭する若手はわれらのように部屋住みの次男、三男坊にございます。ゆえに碌でもない刀を腰に差しておる者もおります。かくいうそれがしとて、出自も分からぬ無銘の大小を父から貰い受けました。なんとも情けないかぎりにございます」

「輝信どの、三人の組に大小、あるいは短刀となると、一組ではなるまい。三組がいるな。とても尚武館の内所では都合がつかぬ」

「そうでした、そのことを忘れておりました」

田丸輝信があっさりとその考えを取り下げた。

「若先生、田丸さんの言わるることはたい、要は気持ちば形にしたかと考えられたとやろ。勝者三人に大小三組はたい、大名さんのやることたい。尚武館ならではのくさ、物を考えるとよかろうが」

「小田平助どの、たとえばなんでござろうな」

鐘四郎が平助に訊いた。

「尚武館坂崎道場若手育成剣術試合勝者と刻んだ木刀では当たり前やろな」

平助もすぐには思い付かぬのか、首を捻った。

「よかろう、この一件はしばし懸案としよう。この趣意書の下書きじゃが、速水左近様にお届けして見てもらう。その後、道場に貼り出そうと思う」

磐音の言葉に一同が頷いた。

「繰り返すが、剣術の普及と若手の育成を目的とした剣術試合でござる。速水様には旧尚武館と関わりのあった大名諸家に声をかけてもろうて、ただ今小梅村に門弟が通うておる大名家などは門弟衆が屋敷に持ち帰り、重臣や剣術指南方のお許しを得るということでよかろう」

　あれこれと手順が決まった。

「若先生、尚武館が主催する以上、われら住み込み門弟が下働きをなすのは当然のことです。われらがなにをなすべきか、お命じください」

　辰平が願った。

「一日四組を招くとなると、一組三人ゆえ十二人の出場者となる。その控え部屋など考えておかねばなるまい」

「その日、長屋を二つ空けまする。当面それでようございましょう」

「若先生、立ち合いの得物はどうなされますな」

「おお、利次郎どの、そのことに触れなかったとはなんとも迂闊であったな。木刀では怪我人(けがにん)も出よう。竹刀でどうじゃ。防具を付けることを望む者にはそれも許そう」

　あれこれと剣術試合で起こり得ることが話し合われた。最後に辰平が、

「いささか早うございますが、若先生、尚武館の出場者をお考えください」

　尚武館で出場資格を持つ者の名前を記した紙片を見せた。

「この中には福坂俊次様は入っておりませぬ。豊後関前藩が出場する以上、そち

らで判断なさると思うたからです」

　磐音は几帳面な辰平の字に眼を落とした。速水杢之助、右近兄弟、設楽小太郎のほかに三名もいた。

「なんと二十歳以下の若侍が六人も門弟におったか」

「数日前入門した、出羽本荘藩六郷家のご家臣小野寺元三郎どののように新入りもあります。ただ今小田平助先生の槍折れの稽古に難儀をしておられるようです」

「辰平さんや、あの元三郎さんな、槍折れの稽古に面食ろうておられるがくさ、剣術はなかなかの遣い手と見たばい。槍折れの稽古はどもこもならんち言いなさるばってん、なんのなんのすぐにくさ、こつば呑み込みなさったと」

「となると、うちでも技量を比べる試合をしないといけませぬな」

「師範、うちは出場する組の数が決まってからでよかろう。どう思われますな」

「そうですね、ただ今のところ何組になるか予測もつきませぬし、尚武館はあくまで数合わせ。となれば最低一組にして、場合によれば尚武館甲組、乙組と二組が出ることもありましょうな」

　依田が磐音の言葉を補って一同が得心した。

この日の昼下がり、竹屋ノ渡しで降りた三味芳六代目の鶴吉が小梅村の尚武館道場に顔を見せた。

磐音は速水左近に届ける趣意書の浄書をしていたが、角樽を手にした鶴吉に、

「お変わりござらぬか、六代目」

と顔を上げて声をかけた。

「若先生、改築なった道場を拝見させてもらいました。小梅村の百姓家がだんだん道場らしい風格になって参りましたな」

鶴吉は改築祝いにと角樽を差し出した。

「鶴吉どのに気を遣わせて申し訳ござらぬ」

磐音が答えるところにおこんが顔を見せた。客の気配を察したおこんは茶菓を運んできたのだ。

「鶴吉どのより改築祝いを頂戴した」

「お気遣い、有難うございます。鶴吉さん、お身内の皆様にはお変わりございませんか」

「へえ、お蔭さまで女房のおこねも倅の聖吉も息災にしておりますよ」

茶碗を手にした鶴吉が応じて、さらに言ったものだ。

「おこん様、門弟衆も増えたそうですね、なによりのことですよ。そのせいかね、門弟衆がえらく張り切ってなにやら打ち合わせをしておいででした」

「利次郎どの方の発案で、尚武館の改築祝いに剣術試合を催すことにしました」

と前置きした磐音は鶴吉に仔細を説明した。

「ほう、若い方々を中心にした剣術試合ですか。東国の剣術界も大御所が次々とお亡くなりになり、そのように横に広がりを持つ催しができなくなっております。これはよい話でございますよ。一度目がうまくいけば、二度目からは大変な数が申し込んできましょうな」

「そうそううまくいきましょうか」

「わっしは職人ですがね、勘働きはいいほうです」

「ならば鶴吉どののご託宣を肝に銘じて、一回目の剣術試合をしっかりと催しましょうか」

磐音はそう答え、鶴吉は改築祝いにわざわざ来てくれたのだろうかと漠然と思った。磐音の思いを察したか、鶴吉が、

「若先生、五十次って野郎を覚えてますかえ」

と話題を振った。

「田沼意次様の愛妾おすな様の弟でありましたな」

磐音は五十次の消息を弥助と霧子から知らされていた。

岩槻に佐野善左衛門を追って読売屋『世相あれこれ』の手の者が飛んだとき、五十次も同道していた。辰吉ら四人は佐野屋敷を見張り、用人の御用部屋に忍び込んで、善左衛門から届けられた書状を盗み見て、見当をつけたのだ。

いきなり岩槻に向かった辰吉ら四人は、佐野善左衛門が潜む親類の佐野家に火を放って皆殺しにしようとした。

酒匂仁左衛門の下で荒っぽい仕事をしてきた辰吉らならではの企てだったが、弥助と霧子が未然に防いで、三人を始末していた。

その折り、五十次だけは命を助けられていた。五十次は命を奪うほどの悪党ではなかったからだ。

磐音にとって岩槻での話が五十次の最後の消息だった。

「江戸に戻っておりますか」

「今日の昼前、ふらりと薄汚れた面をうちに出したんでございますよ。過日、わっしに五両で売った姉さんの形見の三味線を七両で買い取れないかって、話なんですがね」

姉のおすなは、三味線造りの名人の鶴吉に高価な三味線を注文し、その上、三味線の手解きを受けていたことがあった。

磐音と親交のある鶴吉は、田沼意次の動静を探るために神田橋内の田沼邸に出入りしていたのだ。

姉の死後、五十次はぼろぼろになったその三味線を鶴吉のもとに持ち込み、五両で買い取らせていた。

「ようも七両などという金子を持っておりましたな」

「それが違うんですよ。三味芳の三味線をどこぞに高値で転売する気でしてね、売れたら七両を支払うって調子のいい話なんでございますよ。人のふんどしで相撲をとろうって話をあの馬鹿、このわっしに持ち込んできやがったんでございますよ」

「呆れましたな」

「在所に行っていたとか、まあ、銭に困ってのことですよ」

「たしかにあの者、『世相あれこれ』に一時飼い殺しにされておりましたからな」

「さすがは若先生、なんでもご存じだ。あの読売屋の酒匂仁左衛門は、なかなかのやり手にございましてな。五十次から姉が老中田沼様の妾だったことを根掘り葉掘り聞き出して、そいつを話にまとめて神田橋に持ち込み、用人に、『畏れながら』と掛け合ったんでございますよ。さすが元黒鍬之者だけあって駆け引き上手だ。この話、市中にばら撒くより老中田沼様にくっついていたほうが儲けがあると踏んだのでございましょうな。ただ今は田沼様の御用達読売屋でございますよ」

鶴吉の話に磐音は頷きながら、

「五十次は今も『世相あれこれ』に出入りしている様子ですか」

「いえ、やばいことがあって、とてもじゃないが酒匂仁左衛門には会えない、顔を出したら、とっ捕まって殺されると言うておりました」

その理由を磐音は承知していた。

「たしかに殺されかねない」

「若先生、あいつをどうしたものでしょうね」

「また鶴吉どののところに姿を見せますか」

「姉様の三味線はすでに余所に売った、あれでたしかに儲けを得たから、明日うちに来い、そしたら三両ほどは都合しようと言ってありますので、必ず明日じゅうには姿を見せますよ」

と鶴吉が言い切った。

その夜、磐音のもとで弥助と霧子が明日の打ち合わせに入った。

四

浅草聖天町の一角の蕎麦屋の軒先に、草履売りの老爺と桜草売りの女が店を出していた。

竹皮草履、藁草履は主に武家屋敷の中間小者が造った履物で、せいぜい一足八文程度で売られた。

草履売りの爺は古びた縞の袷に股引を穿き、袷の裾を尻端折りにしていた。腰に短い木刀を差しているところを見ると大名家の下屋敷奉公の者か。

女は菅笠に手拭いで顔を隠していたが、老爺の娘か孫か、そんなところだろう。

桜草は立春より七十五日頃、戸田の河原、千住、染井、巣鴨の植木屋辺りで栽培されたが、いささか季節には早いところを見ると、よほど日当たりのよい武家屋敷の庭で丹精された鉢だろう。

一鉢五文の桜草はなかなかの人気だった。

客が絶えたとき、老爺の眼が斜め前にある三味線造りの店先を覗き込んだ。むろん老爺は弥助で、女は霧子だ。

昨日、鶴吉が戻ったあと、母屋に二人が呼ばれ、五十次の行動を告げられた。

うーん、と唸った弥助が、

「ちょいと情けをかけ過ぎましたかね。あいつ、わっしらが読売屋の辰吉ら三人を始末したことを承知しています。『世相あれこれ』の連中にとっ捕まったら、一も二もなく喋りますよ」

おそらく、と磐音も頷いた。

「もっとも五十次は、わっしらが辰吉らを始末したのを見たわけでなし、墓に埋めたのも承知していません。あいつが見たのは三つの髷だけなんです。なんぞあっても知らぬ存ぜぬで通せぬことはない」

霧子は黙したままだ。

「あいつ、江戸でしか暮らせない男でしたか。命がかかっているというのにな」

と弥助がぼやき、

「坂崎様、あいつがいずれ『世相あれこれ』の連中に捕まるのは目に見えております。始末しますか」

「弥助どの、それでは岩槻で情けをかけた意味がなくなろう。五十次をどうするかはそれがしに考えがござる。ともかく、酒匂仁左衛門より早くうちが見つけることが肝要です」

磐音の言葉で弥助と霧子が三味芳六代目鶴吉の住まいを兼ねた店を見張るのは、初めてではない。その折りの相手も五十次だった。

鶴吉は今日じゅうに姿を見せると言ったが、五十次はなかなか来なかった。

昼を過ぎ、夕暮れの頃合い、ふわり、といった感じで着流し姿の五十次が現れた。縞模様の袷は裾がほつれていた。

きょろきょろ、と通りを見回した五十次は鶴吉の店に飛び込んだ。それからしばらくして、五十次の様子を窺うように崩れた感じの壮年の男が鶴吉の店の前を通り過ぎた。ちらりと鋭い眼差しで店の中を確かめた男は、待乳山聖天社(まつちやましょうでん)の境内に姿を消した。

「あいつ、早くも見張られてやがる」

と弥助が呟き、手早く店仕舞いをすると、

「ちょいと聖天社にお参りしていこう」

と霧子に言い残し、売れ残った草履を天秤棒の左右にぶら下げて聖天社の参道へと回った。

霧子も店仕舞いをした。残った鉢は二鉢だ。霧子はその売れ残りの桜草を蕎麦屋に持ち込むと、

「本日は軒先をお貸しくださいまして有難うございました。これはほんのお礼の気持ちにございます」

と蕎麦屋の女将（おかみ）に渡した。

「おまえさんのお父っつぁんか、それとも爺ちゃんかね。ともかく年寄り抱えて大変だね。またおいでな」

「その折りは」

「巣鴨かえ、染井村かえ」

「私どもは川向こうにございます」

「おや、川を渡ってきなさったか。武家奉公も大変だね」

女将に同情された霧子は一礼すると蕎麦屋を出た。すると鶴吉の店を出た五十次がいそいそと、懐手で夕闇（ゆうやみ）に紛れようとしたとき、浪人三人が行く手を塞いだ。

「あ、なんだよ」

浪人者たちは有無を言わせず、五十次の腕を両脇から掴むと、一人は後ろに従い、ずるずると引きずるように待乳山聖天社の境内に向かっていった。

霧子が天秤棒と平台を一緒に抱えて立ち上がったとき、人影が立った。霧子は動きを止めることなく、天秤棒を振るおうとした。そのとき、

「待った、辰平とおれだ、利次郎だ」

利次郎の声がした。

「おや、よいところに援軍が」

「若先生に命じられたのだ。五十次め、先に『世相あれこれ』の連中にとっ捕まりやがったな。辰平、行こう」

利次郎が急かした。

「待て、利次郎、顔を隠そう」

辰平が手拭いで頬被りし、利次郎も倣った。

「霧子、若先生は打ち合わせの場所に先行しておられる」

利次郎が霧子に言った。霧子はただ頷いた。

待乳山聖天社は小さな丘に、巾着と二股大根が紋の本尊、男女和合歓喜天が祀られた神社だ。境内は狭かった。だが、折れ曲がった石段を避けると、隠れて登

れる道もないこともない。

いきなり悲鳴が聞こえた。

「た、辰兄いがどこへ行ったかなんて知らないよ、ほんとだよ」

無言のまま頬べたでも叩き回される音が響いて、

「てめえだけ江戸に戻ってきたわけを教えな。下手な嘘をつくとただじゃおかねえぜ」

「潮蔵さん、ただじゃおかないってなんだ。おれは辰兄いに言われた用事を果たしただけだよ」

「ほう、そうかえ。ならなぜ田原町の店に顔を出して主の仁左衛門様に直に申し上げず、飯炊き婆なんぞに言付けを頼んだ」

「だから、急いでいたんだよ、潮蔵さん」

五十次が必死で言い訳をしていた。

霧子は弥助がどこにいるのか分からなかった。だが、五十次を捕まえた『世相あれこれ』の一味は四人、潮蔵のほかには浪人が三人と思われた。

「あいつが喋り始める前に四人を叩き伏せる」

利次郎が言うと、霧子の天秤棒を摑んだ。辰平は鯉口を静かに切り、刀を抜くと峰に返した。

「五十次、てめえの嘘にだれが騙される」

「ほ、ほんとだよ」

と五十次の声が震えていた。

「私が相手の注意を引くわ」

霧子が言い残し、石段の参道に出ると、いかにも桜草売りの女がお参りに来た体で拝殿に向かった。

拝殿脇の一行は見知らぬ女の登場を黙って見ていた。

霧子は賽銭箱（さいせんばこ）の前に平台を置き、銭を数文賽銭箱に投げ込み、鈴を鳴らし続けた。

『世相あれこれ』の連中は呆気（あっけ）にとられた様子で霧子の行動を睨み据えた。

「姉さん、なんの真似だ」

潮蔵が霧子に歩み寄った。

その瞬間、天秤棒を構えた利次郎と刀を峰に返した辰平がいきなり三人の浪人者に襲いかかり、鳩尾（みぞおち）を突き上げ、肩口を峰で叩いて悶絶（もんぜつ）させた。

「て、てめえらは」

潮蔵が後退(あとずさ)って逃げ出そうとした。その背後に弥助が立ち、こちらも天秤棒で脳天を殴りつけ、気絶させた。

「お、おれはなにも」

五十次がなにか言いかける口を手で塞いだ利次郎と辰平が、両脇から腕をとった。五十次は一難去ってまた一難という顔で今にも泣き出しそうだった。

山之宿(やまのしゆく)の岸辺に舫(もや)った猪牙舟に五十次を連れた弥助ら四人が無言裡(り)に乗り込み、霧子が棹(さお)を操り、流れに乗せた。

「江戸をうろうろするから命を捨てる羽目になる」

草履売りの形(なり)の老爺が五十次に言った。

「だれだ、おめえさんは」

「おめえの命を助けたのはこれで二度目だ。三度目はないと思え」

弥助が菅笠と手拭いをとった。

月明かりに老爺の顔が見えた。

「だれか分からねえか。女船頭を見ねえ」

弥助が言い、五十次が霧子を見た。すでに菅笠と手拭いをとっていた霧子を見

た五十次が、

「おめえたちとは岩槻で会ったたな」

とようやく思い出した。

「あんとき、何と言ったえ。この娘が、飯炊きのおかじさんに主への言付けを願ったら、さっさと江戸を離れよと言わなかったたか」

「おりゃ、江戸が好きだ。江戸じゃねえと生きられねえ」

五十次が居直った。

「五十次、江戸が好きだと。おめえは『世相あれこれ』の酒匂仁左衛門を敵に回した。ということは、老中と若年寄父子も敵に回したということだ。もうこの江戸で生きる場所も術もねえんだぜ」

「そりゃ、本当か」

「その理屈も分からねえか」

しばし沈黙していた五十次がいきなり願った。

「た、助けてくれ」

ようやく五十次は事態が呑み込めたか、弥助に助けを求めた。

「この次に会うときは、おまえさんの命が消えるときと言わなかったかしら。五十次さん、仏の顔も三度というわね」

霧子も言った。

「姉さん、助けてくれ。なんでもする」

「師匠、どうしたもので」

霧子が弥助に訊いた。

猪牙舟は静かに流れを下っていた。

「五十次、おまえの姉様は楊弓場（ようきゅうば）の女だったな。それがまだ若かった田沼意次って侍の目に留まり、田沼様の出世に合わせて、ついには神田橋のおすな様に成り上がった」

「あんたら、おれの姉ちゃんを知ってるのか。そうか、あんたら、尚武館って道場の人間か」

「なんとでも考えな。おすなさんが生きていた頃とは、おめえの立場も大きく変わったんだ」

「姉ちゃんが死んだっていうのはほんとのことか」

「たしかなことだ。紀伊領内にある高野山の山ん中に眠っていなさるよ」

弥助の言葉は淡々としていた。それだけに五十次の胸にこたえたようだった。

「そうか、姉ちゃんは死んだか」

五十次はぽつんと呟いた。

「いつまでも姉さんの生き死にに拘っていると田沼一党に始末される。こいつは間違いないことだ」

五十次はしばらく無言で考えていた。

「死にたくねえ」

「ならば江戸から離れることだな」

「おれ、江戸の外は知らねえ。この前、初めて岩槻に行った」

「江戸のどこで育ったえ」

「長屋を転々として育った」

「おめえ、千石船から荷船に積み替える荷揚げ人足をして生きていたことはねえか」

「なんでそんなことを承知なんだ」

「おめえが『世相あれこれ』で調べを受けていた頃、仁左衛門にとことん生まれと育ちを訊かれたな」

「姉ちゃんばかりじゃねえや、おれのこともしつこく訊かれたぜ」

「そいつを台所に来てはぼやいてばかりいたはずだ」

「よく知ってやがるな。そうか、船頭の姉さんがおれの話を聞いてたんだ」

「そういうことよ。船に乗り込むってのはどうだ。そうすれば田沼の手から逃れられるぜ」

「船だって。川船か」

「いや、西国往来の大きな船よ」

「そんな船に知り合いはいねえよ」

「おれたちが段取りをつけてやる」

「なぜそんなことをしてくれるんだ」

「いったん岩槻でおめえの命を助けたのは、おれの了見違いだった。あのとき、辰吉らと一緒に始末しておくべきだったんだ。だが、助けてしまった。田沼一派におめえが捕まると、あれこれと喋らされた挙句におめえは始末され、その矛先がこっちに向いてくる。そうなってはいささかこっちにも厄介(やっかい)だ」

弥助は正直に話していた。

「そうか、おれはどっちにとっても厄介のタネか」

「そういうことだ」

「西国ってどこだ」

「行きゃ分かるよ」

霧子の操る船はいつの間にか、河口へと差しかかっていた。

大川に架かる最初の橋、永代橋が見えてきた。

利次郎が立ち上がると、黙って霧子の櫓に手を添えた。

海に出て、揺れる舟を二人で乗りきろうというのだ。

「おれを海に突き落として殺そうって話じゃねえよな」

五十次が不意に思いついたように言い、舟の中で立ち上がろうとした。

「始末するんなら岩槻でしていた」

大川河口で猪牙舟が大きく揺れた。

前方に石川島の島影が見え、猪牙舟は越中島（えっちゅうじま）との間を佃島（つくだじま）へと回り込んでいこうとした。

「五十次、佃島沖に舫われている千石船が見えるな。あの中で一際大きな船が見えるか。さる西国大名家の持ち船だ。その船に乗り組んで江戸と西国を往来する仕事をしねえか。船ならばさすがの田沼一派の眼も届くまい」

「驚いたな、すべて話がついてるのか」

霧子と利次郎が猪牙舟を寄せていったのは、豊後関前藩の明和三丸であった。今年一番に関前の海産物を積み込んできた船に五十次を乗り込ませ、江戸から遠ざけることを考えついたのは磐音だった。

過日、藩邸を訪ねたとき、中居半蔵から明和三丸が江戸入りすることを聞かされていた磐音の発案だった。

磐音は辰平と利次郎を待乳山聖天社に送り込むと同時に、豊後関前藩江戸藩邸に中居半蔵を訪ねて、五十次を乗り込ませる願いをしていた。

「どうする、五十次。船が嫌なら猪牙を引き返させてもいい。そうなれば田沼一派の眼に留まるのは必定よ。岩槻に行った辰吉たち三人は姿を消し、おめえ一人だけが生き残ってることを、酒匂仁左衛門がどう考えるかね」

「やめてくんな。千石船に乗って西国に行く。ときに江戸に戻れるんだもんな」

「ああ、だが、船で野放しにされるわけじゃねえ。船頭さんから水夫まで、おれたちの意を汲んで乗せてくださるのだ」

「見張られているってか。それしかおれの生きる道がねえなら、おれも水夫になる」

「五十次、おめえは西国がどこか知らねえと言ったな。航海の途中に紀伊沖を船が通る。いいか、その紀伊にはおめえの姉さんが眠っていなさるんだ。手を合わせて姉さんの菩提を弔うんだな」

ごくり、と五十次が唾を飲み込んだ。

猪牙舟が明和三丸に横付けされると、すぐに縄梯子（なわばしご）が下ろされた。

「船の連中はすべて呑み込んでいなさる。心を入れ替えて働けば、おめえの新しい生きる道も見えてこよう。腹を括って働け」

「ああ、そうする」

「五十次、海は優しくもあり厳しくもある。舐（な）めねえことだ。舐めると忽（たちま）ち海の藻屑（もくず）になっちまう。いいな」

「分かった」

「行きな」

五十次が縄梯子に手をかけて明和三丸によじ登っていった。そして、交代に坂崎磐音が下りてきて猪牙舟に乗り込むと、辰平が明和三丸の船腹を押し、利次郎と霧子がぐいっと櫓を海水に入れた。

猪牙舟が半丁ほど明和三丸から離れたとき、磐音は振り返った。その船上に五十次と思（おぼ）しき影があって、手を振っていた。

「若先生、関前藩に余計な手間をかけさせてしまいました」

と弥助が謝った。

「五十次の姉様のおすな以来の縁です。人を始末するより生かすほうがずっと気持ちもようござる」

「五十次が船に慣れて一人前の水夫になってくれるといいんですがね」

利次郎がだれにともなく言った。

「こんどこそ大丈夫だと思うわ。師匠があれほど懇々と言い聞かせて送り出したんですもの」

「そうあってほしいものだな」

と弥助が呟いた。

春の夜、大川河口に五人の男女を乗せた猪牙舟が漂っていた。

第四章 辰平失踪

一

数日後のことだ。

磐音は辰平を伴い、舟で紀伊藩江戸上屋敷に指導に向かった。

船頭は霧子が務め、帰路はまず水道橋際で辰平を下ろした。

「若先生、霧子、母上からお杏さんのことを根掘り葉掘り問い質されて、いつ放免されるか知れません。それがし、徒歩で帰りますゆえ、どうかお先にお戻りください」

と言い残した松平辰平は、水道橋近くの稲荷小路の実家に戻っていった。そろそろ筑前博多の箱崎屋一行が江戸に向かって旅に出たとの知らせがお杏から届いていると思い、受け取りに行ったのだ。

「辰平さんたら落ち着いたものだわ。利次郎さんならそわそわして大騒ぎしているでしょうに」

辰平の消えた土手上を見ながら霧子が思わず呟いた。

「どのような事態になるか、先様のあることゆえ辰平どのも複雑な心中であろう。だが、感情を出すも出さぬも人それぞれ、利次郎どのと辰平どのは、お互い助け合い、生涯の友になろう」

と磐音も応じた。

だが、まさかこの後、辰平に異変が起ころうとは、磐音も霧子も予想だにしていなかった。

「私、お杏さんとお会いするのが楽しみにございます」

猪牙舟は辰平が下りた数丁下流の土手に横付けされた。

「霧子、昌平橋の船着場で半刻ほど待ってくれぬか」

「承知しました」

独りになった霧子の猪牙舟が昌平橋へと下っていった。

磐音は豊後関前藩に向かった。中居半蔵に会うためだった。

磐音はふと明和三丸に乗り込ませた五十次のことを思った。

この刻限、尚武館道場では利次郎らが昼餉の休憩をはさんで、五月十日に催されることになった、

「尚武館改築祝い　大名諸家対抗戦」

の申し込みのあった大名家の木札を造っていた。

すでに紀伊藩、尾張藩、会津藩、福岡藩など十五家から申し込みがあり、中には出場者の名を記してきたところもあった。そんなわけで田丸輝信が木札に出場者の名を記していたのだ。

田丸輝信は青蓮院（しょうれんいん）流の書のなかなかの書き手だった。

「おい、利次郎、この分だと当初の十八家に尚武館を加えた十九組の出場では済まぬのではないか。必ずやこの噂を聞き付けて、出場を申し込まれる大名家が出てくるぞ」

名を書き終えた田丸輝信が言った。

「私もなんとなく結構な数になりそうだと思います」

神原辰之助が言い、

「出たかったな」

と未練気な言葉を洩らしたものだ。

「辰之助、こたびはわれらとて下働きに徹しようと覚悟したのじゃぞ。いつまでも恋々としたことを言うでない。それがしのように泰然自若として若手組のために汗を流すのだ」

「おや、利次郎さん、えらく悟った言い方をなされますな」

「それがしは常に恬淡(てんたん)としてあらゆる事態を受け入れる心構えができておるでな。そなたのように女々(めめ)しいことは言わぬ」

「いかにもそれがし、女々しゅうございます」

「居直りおったな」

「利次郎さんは霧子さんの前でいいところを見せたくはないのですか」

「霧子は重富利次郎の悪(あ)しきところも良きところも承知して受け入れてくれたのだ。改めて剣術試合でよいところを見せようなど考えるものか」

「ああ、そうか。仕官の口が消えて当分所帯も持てませぬしな。それで諦めたのですね」

「辰之助、そなた、おれを怒らす気か。いかにもそれがし、部屋住みの辛さを改めて思い知らされておるところだぞ。なんならこれから稽古をつけてやろうか」

「結構です。利次郎さんの怒りをぶつけられてもかないませんからね」

「そうか、主家の土佐藩が断りおったか」

筆を手にした田丸輝信が呟いた。

「天明の大飢饉の最中だ。どこの藩も人減らしはしても、新たな仕官など無理な話じゃ」

「われら、この尚武館で剣術の稽古に明け暮れる生涯か。三男ゆえ字くらい書けぬと生計にも苦労しようと、母上が手ずから青蓮院流の書を教えてくださったが、それもよ、かように木札に名を書くことにしか使えぬ」

田丸輝信の嘆きは住み込み門弟の大半の者たちの胸に切なく響いた。

道場の一角で道具の手入れをしていた小田平助が、

「輝信さんや、よかおっ母さんを持ったもんたいね。それだけでも有難く思わんといかんばい」

「分かっております」

「若先生もくさ、皆さんのことをたい、あれこれと考えとりなさるたい。気長に待たんね」

「小田様のように飄々と生きていける境地にはほど遠い」

「そりゃあくさ、わしは筑前ば出てくさ、三十年余の放浪暮らしがありますもん。ちっとやそっとの旅暮らしじゃなかと。それでくさ、履きかえる草鞋のようにくさ、欲も得も旅の間に擦り切れたと」

「そうか、野心も野望も擦り切れるものか」

「利次郎さん、人間おかしか生き物たいね。欲得がのうなりゃくさ、世間がようも見えるし、楽しゅうもなるたい」

「小田平助様は生き方の名人上手たいね」

利次郎が洩らして溜息を吐いた。


その頃、磐音は豊後関前藩の留守居役の御用部屋で中居半蔵と対座していた。

「過日は慌ただしくも五十次なる者を藩船に乗り込ませていただき、真に有難うございました」

「あやつな、なかなか器用なところもあるそうな。船の見送りに行ったそれがしに、主船頭の市橋太平が言いおった」

明和三丸は五十次を乗せた二日後に出帆していた。

「おや、五十次に取り柄がございましたか」

「あやつ、大工の真似事も、三度三度の飯の菜を拵えるのも器用にこなすそうでな、あれはあれで苦労しながら生きてきたのであろうと市橋が言うておったわ」

「そうでしたか。われら、つい五十次の悪しきところだけを見てきたようです。海が五十次の根性を鍛えてくれるとよいのですがな」

「船の暮らしは厳しい。きっとあやつの生き方を変えるはずじゃ」

と請け合った半蔵が、

「磐音、わざわざ、五十次なる者の礼を述べに来たのではあるまい」

「実は頼みごとがございまして伺いましたが、言い出しかねております」

「わしが当ててみせようか」

半蔵が磐音を睨み、磐音も見返した。

「そなたとは長い付き合いじゃぞ」

煙草盆を引き寄せた半蔵が煙管に刻みを詰めて磐音を見た。

「重富利次郎のことではないか」

「ふうっ」

と息を吐いた磐音に、

「俊次様がな、過日、小梅村の稽古から戻られた折り、当家では仕官の口はなかろうかと、それがしに洩らされたのだ」

「なんと、俊次様にそのようなご心配までおかけしておりましたか。中居様、この一件、お忘れくだされ。この天明の大飢饉がいつ果てるともなく続く折り、旧藩の情けにすがろうとしたそれがしの安直さを俊次様に悟られるなど、なんとも軽率にございました」

「磐音、この一件、殿も案じておられた」

「いえ、お忘れくだされ。国許の父が知れば、藩を離れた者がなんたることを殿に願うたと激怒なされましょう」

「まあ、それがしの話を聞け」

中居半蔵が煙草盆の種火で刻みに火を付け、うまそうに一服した。

「いかにも天明の大飢饉が南海道から西海道にも広がっておる。じゃが、うちはそなたらが礎を築いてくれた藩物産商いがあるで、藩士も領民も餓えることなく凌いでいける。こたびの明和三丸は余剰の米を大坂の藩屋敷まで持ち込み、当地の米問屋に卸す段取りじゃ。それもこれも坂崎磐音、そなたがおったればこそじゃぞ」

「それは大昔のこと、それも礎になったかどうか。お忘れくだされ」

「いや、そなたがおらねば江戸での物産事業、かようにうまくはいかなかった。ゆえに殿も、坂崎磐音がなにか頼みをなした折りは黙って聞け、とかねがねそれがしに命じておられる」

「有難いお言葉にございます。ですが」

「まあ、それがしの話を最後まで聞け。藩物産事業が安定した今、関前藩は藩の中核となる人材を欲しておる。どのようなところも新しい人材を投入せねば硬直する。そして、鑓兼某(やりがねなにがし)のような不届き者があらわれ、藩政を壟断する。関前藩は一人のみならず優秀な人材を求めておる。また数人仕官させる余裕もないことはない。差し当たって重富利次郎のことじゃが、百三十石、江戸藩邸定府(じょうふ)の御番衆に遇することはできる」

中居半蔵の提言は具体的であった。それだけに実高からの許しを得て発言していると磐音は思った。

「そなたもあれこれ気苦労が多いことよのう。これは俊次様の発案じゃが、わが藩邸には剣術指南がおらぬ。俊次様は、文も商も大事じゃが、武士の本分は武にこそある、小梅村の若先生とともに苦難の旅を重ねてきた重富利次郎なれば、わが江戸藩邸のよき剣術指南になろうと、それがしに推挙なされた」

「なんということが」

磐音は言葉が続けられなかった。

「この一件、参勤下番の折りに、殿が国家老坂崎正睦（まさよし）様に命じられることになっておる。おお、忘れておった、剣術指南の役料が三十両付く。霧子との生計はたとう、住まいは御長屋を付ける」

磐音は瞑目して実高と俊次の気遣いに感謝した。

しばし中居半蔵は沈黙した。

「磐音、山形におる小林奈緒のことじゃがな。小林家の再興、こちらのほうは難しい」

「中居様、それがしも承知しております。兄の小林琴平が斬った家臣の遺族が国許にはおられます。そうそう憎しみが消えるわけもない」

「いかにもさようじゃ」

半蔵は煙管の雁首（がんくび）を煙草盆の灰皿に叩きつけ、吸殻を落とした。煙管をぷうっと、吹いた。するとラオに残っていた煙が御用部屋に流れて漂った。

「殿は家臣であった小林家の娘の奈緒のことを気にかけておられた。ゆえに墓参は許すと、過日、そなたにも言われたそうじゃな」

「はい、今年は河出慎之輔、小林琴平ら明和九年の騒動で斃れた者たちの十三回忌が巡ってきます」

「四月末のことであったな。殿は参勤下番で国許に戻られる夏には法会（ほうえ）を催そうと考えておられる」

「それがしも戻れればよいのですが」

「そなたの前には大きな敵がおる。そなたが江戸を留守にすることはできまい」

　磐音は己の無力を指摘されたようで黙して首肯した。

「あの世とやらがどのようなところか知らぬ。だが、冥府（めいふ）におる者にはたっぷりと時もあろうし、そなたの帰りを待ってくれるわ。だがな、磐音、奈緒が墓参というなればいつでもよい」

「中居様、奈緒どのから書状が届きました。亡くなった前田屋内蔵助様の一周忌を済ませたのち、新たな旅立ちをと記してきました」

「亭主が亡くなったのは昨年末のことではないか。ならば雪深い出羽国でもうひと冬過ごさねばならぬぞ。時候がよい折りに差し当たって江戸まで出てこられれば、藩も手助けができよう」

「そこまで実高様はお考えにございましたか。なんとも勿体(もったい)ないことにございます。早速山形の奈緒どのに実高様のお気持ちを知らせます」

「うむ、そうしてくれ」

と中居半蔵が応じ、

「殿にご挨拶していくか」

と尋ねた。

「いえ、本日はお心遣いいただいたあれこれをすぐにも知らせたく、殿へのご挨拶はまたにしとうございます」

と願った。

「本日、そなたが参ったことは殿にお伝えしておらぬ。こんどゆっくりと時をつくれ」

はっ、と磐音は畏まった。

「磐音、小梅村での若手の剣術家対抗戦な、わが藩も出る」

「承知しております」

「俊次様方が小梅村に出向かれておるが、三日、四日に一度しか行けぬ。大名家の跡継ぎはそれなりに多忙なのじゃ」

「でございましょうな」

「それでも俊次様は小梅村通いをなにより楽しみにしておられる。最前の話じゃが、俊次様が小梅村に行かれぬとき、剣術指南に重富利次郎が来られぬか」

「それはまた慌ただしいことにございますな。いよいよ本日はこのままお暇（いとま）して、利次郎どのに伝えます」

「よし、そうしてくれ。殿は参勤下番のあと、俊次様が江戸屋敷に残った折りの体制も考えておられるのだ」

中居半蔵の気持ちを忖度（そんたく）した磐音は大きく頷いた。


磐音は、遅い夕餉をおこんの給仕でとった後、利次郎と霧子と弥助の三人を母屋に呼んだ。弥助は別にして若い二人はいささか緊張していた。

磐音は帰りの舟で霧子には一切話さなかった。二人同席のほうがよいと思ったからだ。弥助は霧子の師であり、父のような間柄だった。そして、この場におこんも同席した。

「利次郎どの、本日、豊後関前藩邸に参り、中居半蔵様に面会した」

と前置きして半蔵の申し出を告げた。

利次郎は磐音の述べる言葉を一語一語嚙みしめるように聞き、ふうっ、と息を吐いた。

「どう思われるな、利次郎どの」

「言葉にもなりませぬ。実高様や俊次様がそれがしのことをそれほどまでに気にかけてくださっていたとは身が震えます」

「霧子はどうか」

「若先生のご厚意に感謝するばかりにございます」

磐音は弥助を見た。

「このご時世にございますよ、こんな話は滅多にあるものではございますまい。利次郎さん、霧子、坂崎磐音様とおこん様のご恩を忘れちゃならないぜ」

「わ、分かっております」

利次郎が答え、霧子は師の言葉に頭を下げ続けた。

「利次郎さんと霧子さんが尚武館から巣立つのですね。寂しくなります」

「おこん、われらは血こそ繋がってはおらぬが、堅い絆にて結ばれた身内である。利次郎どのと霧子が富士見坂の関前藩に移ろうと、いつでも会えるのだ」

磐音の言葉におこんが頷き、

「差し当たって関前藩は利次郎どのに剣術指南として、五月十日の対抗戦に向けて若手を鍛えてほしいと言うておられる。所帯を持つことや祝言(しゅうげん)のことは、利次郎どのと霧子が明日にも重富家を訪ね、百太郎様に相談して参れ。その答えをそれがしが関前藩に伝える。それでようござるか」

利次郎が霧子を見て、頷き合った。だが、その直後、利次郎の表情が俄(にわ)かに険しくなった。

「若先生、一つだけ勝手を言わせていただけませんか」

利次郎が磐音に願った。

霧子が驚きの顔で利次郎を見た。

「それがしの技量が少しでも役に立つのなら明日からでも関前藩に出向きます。ですが、それがしが豊後関前藩家臣になることはしばらく待っていただけませぬか」

「なぜかな」

と問い返すも、磐音は利次郎の答えを承知していた。

「それがしが関前藩士になることは、田沼父子との戦いから離脱することを意味しませぬか。それがしはむろんのこと、霧子も田沼父子との決着をつける戦いの一翼を担いたいはずです。家基様、佐々木玲圓先生、おえい様の無念を晴らす場に私どももはいとうございます」

それは今提案のあった豊後関前藩御番衆百三十石の仕官を諦めることでもあった。

利次郎の言葉を霧子が、はっとして受け止めた。

「この戦い、いつ果てるとも知れぬ」

「構いませぬ。生涯一剣術家であってもそれがし、不満はございませぬ。霧子、どうか」

「利次郎さんの仰るとおりにございます。私はそのことに気付きませんでした」

霧子も言葉を添えた。

「そのことはそれがしも懸念した。なんぞできるか、それがしにもしばらく考えさせてくれぬか。そなたら、明日にも重富家を訪ねよ」

「はい」

と利次郎が答えた。

二

利次郎は最初にこのことを辰平に相談したかった。だが、その夜、辰平は小梅村には戻らなかった。その上、翌日の朝稽古にも姿を見せなかった。辰平らしからぬ行動であった。

弥助と霧子は磐音の意を受けて、まず稲荷小路の松平家を訪ね、様子を尋ねることにした。

霧子が戻ってきたのは朝稽古が終わった直後で、通い門弟たちが徒歩や舟で帰ろうとしていた。門前まで見送りに出ていた利次郎が霧子に話しかけようとするのを眼で制した霧子が、

「若先生はどちらに」

と尋ねた。その口調に緊迫があった。

「母屋に引き上げられた」

霧子が頷き、猪牙舟の舫い綱を利次郎の手に預けると、母屋に向かった。

「なんだ、霧子め、おかしいではないか。辰平が風邪(かぜ)でも引きおったか」

と呟き、通い門弟を、

「また明日」

と見送った。舟を舫うと利次郎も尚武館の門を潜った。

道場では田丸輝信らが小田平助と武術問答でもしているのか、仕草を加えて談じていた。

「霧子が慌ただしく母屋に向かったが、なにかあったのか」

田丸輝信が利次郎に訊いた。

「分からん。気になる、母屋に行ってくる」

利次郎は竹林と楓の林を抜けて母屋の庭に出た。

仮道場が設けられていた泉水近くの地面がほかと色が違って見えた。そこだけまだ春の気配が残っていた。

母屋の縁側では霧子が磐音に報告していた。

利次郎は話しかけたいのを我慢して、そっと歩み寄った。だが、数間手前で足を止めた。磐音が思案している顔を利次郎に向けた。

「利次郎どの、どうやら異変が起きたようだ」

「辰平の身になにか」

と問い返すところに小田平助、田丸輝信らもやってきた。

「若先生、辰平さんがどげんしたと」

「うむ、霧子、皆に同じ話をしてくれぬか」

磐音が願い、霧子が頷くと話し出した。

「昨晩、辰平さんが夕餉をお身内とともにして、稲荷小路の屋敷を出られたのが五つ（午後八時）の刻限だそうです。筑前博多の箱崎屋のお杏さんからの二通の文を大事に懐に入れた辰平さんは、小梅村に戻りますと見送りの母御のお稲様に言い残されて、屋敷の通用口を出ていかれたそうな。ですが、ご存じのようにここには戻っておられません」

「おかしい」

利次郎が叫んで言った。

「辰平がどこぞに立ち寄るところなどあろうはずもない」

「いかにもさようです。なにが起きたか」

だれの脳裏にも、霧子が田沼一派に毒矢を射かけられた一件が過った。

「弥助師匠は、稲荷小路から神田川に下りる武家地で、辰平さんの痕跡を求めておられます」

「なにが起こったとやろか」

と平助が呟き、こう言い足した。

「こりゃ、田沼一派の仕業と考えたほうがよかとじゃなかろうか」

「小田様、たとえそうであっても辰平が、おめおめと敵の手に落ちるとは思えません」

利次郎が平助の言葉に被(かぶ)せるように言った。

「いかにも。いくら多勢とて、そう易々と敵方に落ちるはずはない」

磐音も賛意を示した。

「なにが起こったのか知らぬが、弥助様の手伝いに参ろう」

利次郎が己に言い聞かせるように言った。

「ご一統、まず着替えなされ。そして、朝餉を摂(と)りながら話をしませぬか」

磐音が言い、利次郎らが急ぎ、長屋へと飛んで戻った。

磐音は霧子を誘い、板の間に向かった。おこんが指揮して女衆が朝餉と昼餉を兼ねた膳を仕度していた。

「おまえ様、こちらで摂られますか」

「おこん、異変が起こった」

霧子から受けた報告を告げた。

「辰平さんが田沼一派の手に」

おこんが小声で訊いた。

「まだそうと決まったわけではない」

「おまえ様、ほかになにが考えられますか」

「辰平どの自ら身を隠した。あるいはなにか騒ぎに遭遇してそれを見極めんとしていることも考えられる」

「ただ今の辰平さんが、おまえ様に断りなくそのような軽率な行動をとられるはずもございません。また騒ぎに巻き込まれたとしても、猪突猛進する所業もなさりますまい。冷静に物事に対処なされると信じております」

「いかにもさようじゃ、おこん」

「おこん様、夕餉の場では博多から江戸に参られる箱崎屋様一行の話が出て、実に和やかだったそうです。また辰平さんも嬉しさを嚙みしめておられたと、お稲様が仰っておりました」

「お杏さんの文に認められたことと関わりのある場所に出向かれたのではございますまいか」

おこんが言うところに利次郎らが急ぎ、稽古着を普段着に着替え、脇差を手挟み大刀を手に戻ってきた。

「皆さん、まず膳についてください。腹が減っては戦もできますまい」

おこんの口調はあくまで平静だった。

利次郎らが膳につき、早苗らが給仕をして尚武館のこの日最初の食事が始まった。なんとも重苦しい雰囲気がその場に漂っていた。

通いの女衆を含めて、尚武館道場が老中田沼意次、若年寄田沼意知父子と敵対していることを承知していた。

磐音は膳の前に座ったが、箸には触れず、茶を喫して気持ちを鎮めた。

「霧子、弥助どのと落ち合う先はどこか」

「昌平橋の南詰にございます」

「ご一統、分かったな」

利次郎らが無言で頷いた。

「おこん、最前そなたが言いかけたことじゃが、その先を話してくれぬか」

「ただ今の辰平さんがお屋敷を出たあと、どう動かれるのか、考えてみました。時刻は五つ、そう遅いわけではございません。辰平さんの胸中には、お杏さんと再会できる喜びがあったはずにございます」

「であろうな」

「辰平さんは稲荷小路から神田川沿いに八辻原(やつじがはら)に下るのではのうて、水道橋を渡られ、神田川の向こう岸へと向かわれた。湯島天神に、お杏さん方の道中の安全を祈願しに行かれたのではないでしょうか。なぜなら、辰平さんのお守りは、幼い時から身に付けてきた湯島天神のお守りです」

あっ
と驚きの声を上げた利次郎が、

「おこん様、それです。辰平なら必ずそうします」

と言い切った。

「辰平はお杏さん方の道中の安全を祈願するとともに、江戸を訪れたお杏さんを湯島天神に案内しようと下見に行ったのではございますまいか」

磐音は利次郎の考えに頷き、

「よし、霧子。弥助どのと会うたら、まずそのことを告げてくれぬか」

慌ただしい食事が終わった。

捜索に加わる住み込み門弟全員が猪牙舟に乗り込むことはできない。そこで徒歩組と舟組に分かれた。

磐音と平助は小梅村に残った。まず霧子らを見送り、縁側に座して沈思した。その沈思が四半刻も続いたか。両眼を見開いた磐音は、じいっとかたわらで待機していた平助とおこんに、

「やはり田沼一派の手に落ちたと考えたほうが釈然とする、小田平助どの」

平助が頷いた。

「たしかに辰平どのの技量からみて、易々と敵方の手に落ちるはずもない。なにか策を弄したか。とはいえ、霧子の折りよりも多勢の弓手を揃えて毒矢を射かけたならば、わざわざどこぞに運ぶということもあるまい。襲撃した場所、それが湯島天神ならば、その境内に辰平どのを放置していったはずだ。それが未だそのような知らせがないということは、辰平どのが生きており、どこぞに囚(とら)われているに違いない」

磐音は父正睦が神保小路の日向(ひゅうが)邸の離れ屋に拘禁されていたことを思い出していた。

「となれば、おまえ様にそのことを知らせるために、辰平さんの持ち物などを尚武館に届けるかもしれませぬ」

「昨夜、辰平どのが襲われたとしたら、すでに届いていてもおかしくはあるまい」

「そうでございますね」

おこんが首を捻った。

「若先生、辰平さんは必ず生きておられるばい」

「わが父は神保小路の日向邸に閉じ込められておりました」

「二度も同じ場所をくさ、使わんと違うやろか」

小田平助の返答に磐音は頷いた。

「辰平どのが囚われの身になり、閉じ込められたとするなら、老中田沼様の神田橋の屋敷か、木挽町の若年寄田沼意知様の屋敷が考えられる。とはいえ、天下の老中、若年寄がそのような危険を冒すとも思えぬ」

「おまえ様、浅草田原町の読売屋『世相あれこれ』とは考えられませぬか」

「過日、闇読売の一件で、酒匂仁左衛門はこちらに恨みを募らせているでな、大いに考えられる」

こんどの一件に酒匂仁左衛門が深く関わっている気がしないでもなかったが、松平辰平が敵の手に落ちたことが信じられない磐音だった。

どのような策を弄したのか。それが分かれば辰平がどこに囚われているかも判明するような気がした。だが、すべては推測にすぎなかった。

「木挽町の道場はどげんやろか」

「旧江戸起倒流鈴木清兵衛道場ですね。こちらも十分考えられる」

と応じた磐音は、

「小田どのには小梅村の尚武館の指揮所に残ってもらいましょう」

「畏まりましたばい」

「それがしは、なにはさておき松平喜内様とお稲様にお目にかかり、事態を話し合うてみる」

「おまえ様、それがようございます」

「その後のことじゃが、弥助どのの探索次第では南町の笹塚孫一様らにお目にかかり、密かに捜索方を願うてみようかと思う。それも松平喜内様との話し合い次第じゃ」

おこんと平助が頷いた。

昼下がり、磐音は水道橋近くの稲荷小路、直参旗本八百七十石松平喜内邸を訪れていた。

磐音の訪れを待っていた風情の用人角田彦兵衛が奥座敷に案内した。

「松平様、辰平どのを尚武館の騒ぎに巻き込み、なんとも迂闊なことにございました。お詫びのしようもございません」

「坂崎先生、辰平ももはや一人前の武士にございましょう。どのようなことが倅の身に降りかかったか知りませぬが、断じて坂崎磐音どのの武名を辱める所業はいたすまい」

喜内が笑みを浮かべた顔で言い切った。

「坂崎様、私は辰平がほんとうに嬉しそうな顔で懐の文を片手で押さえながら、通用口を出ていった姿が眼に焼き付いております」

「お稲様、尚武館の総力を挙げて捜索にかかっております。しばし時をお貸しくだされ」

「坂崎様のお父上も囚われの身にあったと昨日、辰平から聞かされたばかりでございました。辰平も老中田沼様の手に落ちたと考えられますか」

おそらく、と応じた磐音は、江戸に戻ってきて以来の尚武館と田沼一派の暗闘を語った。

「坂崎様方が江戸に戻ってこられたのは、もはや老中田沼様がお許しになってのことと思うておりましたのに、さような危難が小梅村に降りかかっておりましたか。辰平は、昨日珍しく坂崎様のお父上の奇禍と雑賀霧子さんと申される女門弟どのが毒矢を受けて、二月（ふたつき）もの間、生死の境をさ迷うておられたことを話してくれたばかりでした」

「お稲、老中田沼意次様、若年寄田沼意知様父子の力はもはやだれにも抗しがたいものじゃ。それを佐々木玲圓先生と坂崎磐音若先生が二代にわたって孤軍奮闘して戦うておられる。田沼様にとって眼の上のたんこぶじゃ。辰平はその一翼を担うて戦っておったのだ。かようなことが起こるのは覚悟の前であろう」

喜内が言い切った。

「おまえ様、筑前博多の箱崎屋どの一行が江戸を訪ねられたとき、辰平がおらぬで言い訳が立ちましょうか」

「お稲、そう先のことを案じてもどうにもならぬ。すべては師たる坂崎磐音どのにお任せすることじゃ」

磐音はただ黙って辰平の父と母に頭を下げた。

磐音は江戸城をほぼ半周して、南町奉行所を訪ねようと数寄屋橋御門に差しかかった。すると御門から折りよく小者を従えた木下一郎太が姿を見せた。

「おや、尚武館の若先生が奉行所をお訪ねとは珍しいですね」

「お知恵を拝借に参りました」

「御用部屋に戻りますか」

いえ、と答えた磐音を、一郎太は数寄屋橋御門にいちばん近い町屋、元数寄屋町の老舗、名酒霰酒の讃岐屋へ連れていき、

「番頭さん、ちょいと店座敷を貸してくれまいか」

と断ると店の一角の畳座敷に磐音を招いた。

讃岐屋の名物霰酒は、霙酒とも呼ばれ、糯米で作ったあられ餅を材料に、最後は味醂に浸けて密封し、熟成させた混じり酒のことだ。

どうやら讃岐屋は南町奉行所同心の溜まり場と思えた。小者は土間の隅に当たり前の顔をして控え、讃岐屋の女衆が一郎太と磐音に茶を供した。その女衆が座敷から姿を消したあと、磐音は辰平失踪の経緯を告げた。

「なんと、松平辰平どのが行方知れずですと。そりゃ、神田橋の仕業としか考えられますまい」

一郎太が言い切った。

磐音は老中支配下の町奉行所同心が動きにくいことを承知していた。だが、辰平の失踪の真相を知るためには、旧知の友に頼るしか方策がなかった。

木下一郎太も磐音の苦衷を承知していた。ゆえにしばし思案していたが、

「おこんさんの推量に従い、湯島天神を覗いてみませんか」

と言い出した。

「木下どのは御用ではなかったのですか」

「いえ、今日の町廻りは終わりです。ちょいと思い出した野暮用を済ませておこうと思い付いて奉行所を出てきたところです。そっちは明日でも明後日でもいいことです」

一郎太がさっと立ち上がり、番頭に、邪魔をしたなと挨拶すると磐音を従え、堀端の道に出た。

「それにしても松平辰平どのは尚武館屈指の遣い手にございましょう。その者を捕えるとなると、よほどの手練れでなければなりません。辰平どのも当然のことながら抗われましょうから大きな騒ぎになる。刻限も五つ過ぎ、人の往来もまだある。なんの痕跡も残さず松平辰平どのが姿を消されるとは訝しい」

「そこです。そうした場合、どのようなことが考えられましょうか」

「まず知り合いということが考えられる。知り合いならば辰平どのも心を開いて、油断が生じることもございましょう」

「となれば誘われるままに従った」

それにしてもおかしいと磐音は思った。

「少なくとも私が知り得るかぎり、騒ぎがあったという届けはありません。湯島天神となると寺社方に届けが出ておるかもしれませんね」

小者を従えた木下一郎太の歩みは、町廻りで鍛えられているゆえに速い。磐音もその歩みに従いながら、二人はまず神田明神に到着した。念のために神田明神にも聞き込みがしたいと一郎太が言い出したからだ。鳥居を潜る前に、一郎太は鳥居横の甘酒屋の女衆に声をかけた。

「昨日の夜、なんぞこの界隈で騒ぎがなかったかえ」

「こんどは町奉行所のお尋ねですか」

「おや、だれかが尋ねたってか」

「小梅村の尚武館道場の門弟衆が血相変えてさ、この界隈を聞き回っていたね」

「それでなんて答えたえ」

「格別なにもございませんと答えましたよ。社務所にも尋ねたようですが、格別なにもなかったとか。そこで一行は湯島天神に向かわれましたよ。刻限からして、まだあちらにおられますよ」

姉さんかぶりをした女衆が答えた。

神田明神と湯島天神は指呼(しこ)の間(かん)だ。

二人が湯島天神の境内に入ると、拝殿の前に弥助、霧子、利次郎らがいて、年寄りの職人と話していた。

三

湯島天満宮は菅原道真・天之手力雄命(あめのたぢからをのみこと)を祭神に祀り、湯島天神として知られていた。またこの湯島界隈の鎮守とされ、尚武館佐々木道場が神保小路にあった頃は、若き日の松平辰平らが稽古の後、この湯島天神の境内まで走って往復し、お参りを兼ねて足腰の鍛錬をしていた。

辰平が、

「痩(や)せ軍鶏(しやも)」

と呼ばれ、でぶ軍鶏こと利次郎とそれこそ軍鶏の喧嘩のような殴り合いの稽古をしていた頃からの馴染みの場所でもあった。

雄略天皇の勅命により創建、文和(ぶんな)年間（一三五二～五六）に郷民の勧請(かんじょう)により菅原道真公を奉祀(ほうし)したと伝えられる。

また月ごとの十六日の富籤(とみくじ)や二十五日の植木市は名物で知られていた。

「なにか分かりましたか」

磐音の問いかけに弥助らが振り返り、

「ようやく辰平さんらしい人を見たという人物を探し出したのですがな、酒に酔っておったというて、よく覚えていないのでございますよ」

弥助が目尻に眼やにをためた老人を見た。

老人は腹がけに染め文字も色あせた半纏(はんてん)を着込んでいた。そして、襟の染め文字には、

「湯島切通植由(うえよし)」

とあった。

「植木屋の職人さんかな」

磐音が老人に呟くかたわらから木下一郎太が、

「満五郎の父っつぁん、昨夜この境内をたしかに通り抜けたんだろうな」

と念を押すと一郎太を見て、

「ああ、木下の旦那か、その節は」

とぺこりと頭を下げた。どうやら知り合いらしい。

「最前から何度も問い直しているんですが、記憶が曖昧なもので困っているんでさ」

弥助が一郎太に説明した。

「父っつぁんはどこでだれを見たんだ」

木下一郎太が改めて問い直した。

「だれをって、おれはよ、なにも見てねえよ」

「えっ、最前、若い侍をこの拝殿の前で見たと言わなかったか」

利次郎が驚きの声を上げた。

一郎太が目顔で利次郎を制し、

「昨夜は風が強かったな」

「春の嵐のような風だったぜ」

「父っつぁん、どこからどこへ行こうとしていたんだ」

「うん、親方んとこでよ、町村様の屋敷の庭ができたってんで振る舞い酒が出たんだよ。そんでよ、久しぶりにしたたかよばれたんだ」

「それで湯島三組町の長屋に戻ろうとして、ここを通りかかったんじゃないのか」

「おお、そうだ。旦那、見ていたか」

「見ちゃいねえがよ、そんなこっちゃねえかと思っただけだ。近頃博奕に手を出してねえな」

「ねえよ、娘のかよに子が生まれたんだよ、おれの孫だ。加一に小遣いくらいやりたいもんな。もうばかはしねえ、旦那方の世話にはならねえ」

「いい了見だ。それで父っつぁんは切通から湯島天神の坂をよろよろ上ってきた。酔ったおめえには坂道はきつかねえか」

「若い頃ならよ、一升酒食らったってへいちゃらよ。だが、もういけねえ。親方のところで酒を馳走になってよ、よろめいて境内に辿り着いたぜ。もうここまでくりゃ、長屋までは平地だ。酔ってても戻れらあ」

「一息ついたんじゃねえか」

「おお、そうだ。ほれ、あそこんとこの庭石に腰を下ろして休んだよ」

「あの梅の木の下の庭石だな」

「そうだ。うちもよ、植木市には庭木を出すからよ、ここの境内はすべて承知だ」

　木下一郎太が頷き、十数間離れた庭石に行き、腰を下ろした。

弥助たちが拝殿前から少し離れた。そして、拝殿前には満五郎と磐音が残った。

「ここからなら拝殿がよく見えるぜ」

　一郎太が声を大きくして満五郎に問いかけた。

「昨夜(ゆんべ)はよ、風が強かったからよ、天神様にお参りする人間もいねえや。おりゃ、一服しようと思ってよ、腰の煙草入れを探ったらよ、お笑いだ。親方のところに忘れてきちまった。今日は休みなんだよ、だけど煙草入れを親方のとこに取りに行くとこなんだよ」

「煙草入れがなきゃあ、煙草は喫(す)えないな」

「喫えねえ」

「それでうとうと居眠りしたんじゃねえか」

「めっぽう強い風の中だぜ」

「ここは梅の木があって風も強かねえぜ」

「うん、眠ったかもしれねえな」

「寒さに眼が覚めたんじゃねえか」

「旦那はさすがに町廻りだな、なんでも承知だ」

「それからどうしたえ」

「庭石から立ち上がろうとしたけどよ、なかなか立ち上がれねえや。そしたらよ、背の高え侍がよ、天神様に向かってよ、頭を下げてる姿が目に留まったんだ」

「背が高かったんだな。父っつぁんのそばに尚武館の若先生がおられよう。そのお方より背が高かったかえ」

「このお侍は、神保小路にあった尚武館の先生か」

　満五郎が磐音を見ていたが、

「二、三寸は高かったよ。それにもっと若かったぜ」

　磐音は、離れた場所から一郎太と満五郎の会話に耳を欹てていた利次郎を手招きした。

「ああ、このお侍じゃねえか、昨夜のお侍はよ」

「父っつぁん、その人の朋輩を捜しているんだ」

「そうか、よく似ていやがるな、兄弟みてえによ」

満五郎が利次郎を見た。

「父っつぁん、おめえはその侍に煙草入れを持ってねえかと訊かなかったか」

「訊くもんか」

「煙草喫いのおめえがよく我慢できたな。番屋でも煙草を喫わせてくれって、番人に願っていたおめえがよ」

「ふっふっふ、昔の話を持ち出すねえ、旦那」

と答えた満五郎が、

「そのお侍は独りじゃなかったんだよ、連れがいたんだ。いや、ここで偶さか会ったのかねえ。話し合っていたもの」

「待った。最初の侍と、ほかの仲間は静かに話していたんだな。険しい言葉のやり取りがあったんじゃねえのか」

「そんなことはねえよ。だって穏やかに話していたもの」

「それでどうなったえ」

「おりゃ、また寝込んだかもしれねえ」

「肝心なところだぜ、父っつぁん」

「だって眠っちまったもんはしょうがねえ」

「よく思い出してくんな。あとから来た仲間ってのは一人だな」

「いや、黒羽織の仲間がいたな。あっ、そうだ」

と満五郎が言い、

「木下の旦那は昨晩ここにいなかったか」

「父っつぁん、しっかりしてくんな。おれがここにいるわけねえだろ」

「後ろにいた三、四人は旦那と似ていたがな」

「つまりお参りしていた侍と話していたのは一人で、その仲間が三、四人いたんだな。皆、侍か」

「役人みてえな侍だ。そういえば、最初に提灯の灯りを見たような気がするな。文字は読めなかったが」

「役人な。で、その後、どうしたな、役人みたいな侍とお参りしていた侍は。一緒に湯島天神から出ていったのかえ、それとも別々に出ていったかえ」

「そのへんがな、はっきりしねえ」

と答えた満五郎は、

「旦那、一服させてくんねえか。頭がすっきりするかもしれねえや」

と一郎太に願った。

「仕方ねえ、一服だけだぞ」

一郎太が腰の煙草入れを満五郎に渡し、弥助が境内の茶屋に火を借りに行った。

拝殿の階段に腰を下ろした満五郎が美味（うま）そうに一服し、

「木下の旦那、いい薩摩だね」

「同心風情が薩摩を喫えるものか、信濃（しなの）産の近在葉よ」

「なに、同心の旦那でも薩摩は喫えねえか」

「ちったあ、頭がすっきりしたか」

「ああ、靄（もや）が晴れたようだ」

「で、なにか思い出したか」

「おれが次に気付いたのは長屋の寝床んなかでよ。女房が、いくら休みだからっていつまで寝てんだよと怒鳴る声に起こされた」

ふうっ、と木下一郎太が溜息をつき、満五郎から煙管と煙草入れを取り戻し、

「父っつぁん、親方のところに煙草入れを取りに行っていいぜ」

「おれの煙草より旦那の刻みが気に入った。とっ替えっこしねえか」

「いいか、父っつぁん、なんぞ思い出したら南町のおれのところまで知らせるんだ。そしたら薩摩でもなんでもいい刻みを買ってやるよ」

「わ、分かった」

ようやく放免された満五郎がぺこぺこ頭を下げて、湯島天神から切通の方角に姿を消しかけた。そのとき、思い出した、と満五郎が言って、よろよろと戻ってきた。

「なにを思い出したよ」

「連れはさ、着流しに巻羽織だったよ。つまりはよ、おまえ様の仲間だ。そいつを思い出した」

「町方同心が侍を連れていったというのか。冗談も休み休みにしてくんな、父っつぁんよ」

「だってそうだもの」

と言い残した満五郎は湯島天神の拝殿前から姿を消した。

「ちくしょう。煙草を喫われただけでなんの役にも立たなかった」

と一郎太がぼやいた。

「いえ、さすがは木下様、伊達に定廻り同心を務めていなさるわけじゃねえ。ようも気長にあの年寄りからあれだけの話を引き出してくれました」

弥助が礼を述べた。

「弥助さん、だが、ここにいた侍が松平辰平どのと決めるに足る証(あかし)を、満五郎の口から引き出せたわけではない」

「いえ、間違いなく辰平です」

利次郎が答えたが、今一つ決定的な決め手がないのはだれの目にも明らかだった。

「風が吹いてなきゃあ、あの刻限、この境内にたしかな目撃者がいても不思議ではないんだがな」

「辰平どのが湯島天神を訪ねたのではないかと推測したのはおこんだ。だがそれが間違うていたとしたら、われらは端(はな)から見当違いを捜していると言えまいか」

磐音が思わず洩らした。

「若先生、お言葉ですが、おこん様の推量は当たっておられます。昨夜、この拝殿で拝礼されていたのは辰平さんです」

霧子が言い切り、利次郎も頷いた。そして弥助も、

「若先生、わっしも二人の考えといっしょだ。辰平さんの昨夜の心情を考えたとき、必ずや湯島天神にお参りしてお杏さんの道中安全を願ったと思います。湯島天神の祭神の菅原道真公は、藤原時平(ふじわらのときひら)の讒言(ざんげん)で筑前大宰府(だざいふ)に流されたお方ですよ。

筑前博多の人にとっても菅公は身近なお方にございましょう。辰平さんはそれを承知ゆえ、この拝殿の前に立った」

と言葉を添えた。

磐音も頷かざるを得ない。

「もう少しこの界隈で聞き込みを続けます」

弥助が霧子らを手配りして散った。

「木下どの、お手間をかけてしまいました」

と磐音が詫びたとき、聞き込みに出たはずの霧子が老植木職人の満五郎を連れて戻ってきた。

「若先生、木下様、満五郎さんが思い出したことがあるそうです」

と霧子が言い、満五郎も最前よりはっきりとした口調で言い添えた。

「旦那、煙草のせいかね、思い出したような気がする」

「父っつぁん、思い出したような気がするとはどういうことだ」

一郎太に最前より険しい口調で問い返された満五郎が口籠り、

「だからさ、ほんとに見たことか、庭石に腰を下ろしてうたた寝していたときによ、夢で見たことか、はっきりしないいんだがよ」

ちぇっ、と舌打ちした木下一郎太が、

「話してみねえ」

「そう怒るな、旦那。話しづらくなるよ」

「話せ、父っつぁん」

「最初の侍がさ、賽銭箱に白いものをそおっと落としたような気がしたんだよ。旦那、あれは夢かねえ」

木下一郎太が賽銭箱を見て、磐音に視線を向けた。

「賽銭箱の中身を確かめることができましょうか」

さあて、と一郎太が首を捻った。

湯島天神は寺社方の管轄下、町奉行所の権限外にあったのだ。

「それがしも同道します。だめで元々、お願いしてみませぬか」

磐音の言葉に一郎太が頷いた。

二人が社務所を訪ねると、拝殿前の光景を眺めていたらしく、

「尚武館の若先生、なんですね」

と一人の禰宜(ねぎ)が声をかけてきた。

「それがしをご存じにござるか」

「神保小路の頃からお見かけしております。うちにはおこん様がようお参りに見えられましたから、若先生のことも存じておりますよ」

頷いた磐音は門弟一人が行方を絶った経緯を手短に述べ、さらに植木職人から聞いた話を告げた。

「満五郎父っつぁんが酒に酔っての話となると、まずあてになりませんよ」

「それでもわれらには他に方策がないのです」

磐音の言葉に首肯した禰宜が、神主に許しを得てきますと奥へ消えた。

四半刻後、一年に二度しか開けぬという賽銭箱の頑丈な錠前が禰宜によって解かれ、蓋（ふた）が上げられると、中の賽銭が箱の後ろに広げられた布の上に掻き出された。

一両小判こそなかったが、一分金、二朱銀、豆板銀、銭、富籤などがざらざらと出てきて、社務所の奉公人が別の箱に入れ替えていった。

「もうなにもないか」

と言いながら禰宜が奥へと手を突っ込んで探っていたが、

「おや、これはなんだ」

と引き出したのは書状だった。そして、磐音らは書状の宛名が、

「松平辰平様」

と女文字で書かれていることを見ていた。

「なんだ、文なんぞを賽銭箱に入れたものがいやがるよ」

満五郎がぼやいた。

「父っつぁん、手柄だったな。おめえが見たことは夢じゃねえ、現に見たことだったんだ」

「旦那、どういうことだえ」

「だからさ、手柄を立てたんだよ。これで孫になんぞ甘いもんでも買ってやんな」

一郎太が一朱銀を満五郎の手に握らせ、酒を飲むんじゃねえぜ、と注意した。

改めて湯島天神界隈の探索が続けられたが、松平辰平の姿を見た者を発見することはできなかった。

その夜、尚武館は重苦しい雰囲気に支配されていた。

磐音をはじめ、弥助、小田平助、住み込み門弟一同が顔を揃えていた。そして、磐音の前に箱崎屋の三女お杏が松平辰平に差し出した二通の書状があった。

むろんこのことはすぐに松平邸に連絡された。

松平邸でも辰平が湯島天神に立ち寄るとは知らず、まして辰平が大事な書状を賽銭箱に落とすような行為の動機は摑めないと応じていた。

お杏から辰平に宛てられた書状が失踪した原因とは思えず、書状を賽銭箱に入れた辰平の行為は、

「危険」

に落ちたことを知らしめるものと推測された。

「辰平どのが田沼一派の手に落ちたことだけはたしかと思える」

と磐音がだれの胸の中にもあることを告げた。それが前提でなければ、話が進められないと思ったからだ。

「間違いございますまい」

と弥助が答え、

「なぜあれほど慎重な松平辰平さんが田沼一派をかたわらまで近付けたのか」

と自問した。

「師匠、辰平さんは最初田沼一派と努々考えなかったからではございませんか」

「霧子、そのとおりだ。辰平さんが気を許した者がだれか、そこだ」

「あの界隈で辰平が承知しているのはだれだ。麹町(こうじまち)に佐野善左衛門様の屋敷がなかったか」

「利次郎さん、最前、確かめて参りました。佐野様は未だ岩槻か、あるいは別の場所におられると思います。江戸には戻っておられませぬ」

「となるとだれだ。最初心を許し、連れていかれる折りに辰平に不審を抱かせた者は」

田丸輝信が呟いた。

「それより不審を抱いたとしたら、辰平はなぜ刀を抜かなかった。なぜ抗わなかった。今のあいつなら、四、五人相手に不意を衝くことなどわけもなくできよう」

利次郎が首を捻った。

「おそらくじゃが、その折りも辰平どのは、信頼と疑念のどちらかと迷うておられたのではないか。利次郎どのが言われるとおり、辰平どのならば四、五人を相手にしても叩き伏せるか、逃げ果(おお)せることができたはずじゃ。ゆえに迷うておられた」

「若先生、例えばです」

利次郎が言いにくいのか、先の言葉を呑み込んだ。

「なんじゃな」

「例えにございますが、相手は、豊後関前藩の家臣のように、辰平がよく知った人物であったとすれば。いえ、私は関前藩の家臣と決め付けておるわけではございません。例えです」

「そのとおりじゃ。辰平どのが気を許す間柄、例えば、木下どのの同僚であったらいかがであろうか。町方役人ならば辰平どのは素直に従うたはずだ」

磐音はそう答えながら、酒に酔った満五郎の言葉を何度も思い返しては、辰平の行動を繋ぎ合わせていた。

四

同じ頃、木下一郎太は南北奉行所の役宅の集まる八丁堀（はっちょうぼり）の一角で迷っていた。

しばし思案していた一郎太は、同道した小者に、

「先に役宅に戻っておれ。菊乃（きくの）には笹塚様の屋敷に立ち寄ると伝えよ」

と言い残すと、堀を挟んで離れた与力（よりき）屋敷に向かった。

一郎太が迷ったのには理由があった。

笹塚は役宅に人が訪ねてくるのを決して喜ばなかった。御用ならば奉行所で済ます、これが笹塚孫一の常日頃からの鉄則だった。その代わり、笹塚は奉行所の御用部屋には同輩のだれよりも長くいた。三度三度の飯は奉行所で食し、風呂も奉行所で使った。

「南町の知恵者与力は数寄屋橋暮らし」

とか、

「大頭与力どのは屋敷に帰れない事情をお持ちじゃ」

と折り折り噂が流れたが、笹塚は意に介するふうもない。与力同心の中でも一番親しい付き合いの一郎太とて、滅多なことでは役宅に邪魔はしない。

だが、今宵は思い切って笹塚の役宅を訪ねた。むろん表門は閉ざされていたが、通用口の戸を叩くと門番の玄助爺が、

「当家は日没閉門にございます」

と応じた。

「玄助、木下一郎太じゃ。どうしても笹塚様に相談したきことがあっての訪いじゃ」

と小声で戸の向こうに願うと、

「木下の旦那かね」

と呟きながら奥へ訪いを告げる気配があった。

八丁堀の与力屋敷の門構えは、冠木門（かぶきもん）が習わしで、敷地は二百五十余坪あった。

与力の収入はほぼ二百石取りの旗本に等しく、四公六民に照らすと八十石が取り分だ。だが、それがすべて笹塚家の内所に入るわけではない。籾（もみ）をとって搗（つ）き減りを二割と考えると六十四石、百六十俵だ。これでは笹塚家の奉公人、若党、中間、下女の給金を支払うと、残りはせいぜい二十五両から三十両の実入りで家計は苦しい。

だが、職掌柄付け届けが多いので、どの与力も四、五百石高の暮らしをしていた。不浄役人と蔑（さげす）まれ、一代かぎりの町奉行所の与力同心だが、大名家、大身旗本、大店（おおだな）などから付け届けの余禄があった。だが、

「金子には煩（うるさ）い」

と噂される笹塚は、付け届けを一文たりとも私用に使うことはなく、奉行所の探索費に回していた。それゆえ笹塚にどのような悪い噂が流れようと、朋輩衆の与力同心で非難する者は少なかった。

通用口がぎいっと開き、

「お目にかかるそうです」

と門番の玄助が言った。

木下一郎太が笹塚邸の座敷で会うのは、かつてないことだった。春だというのに綿入れを着込んだ笹塚は火鉢に齧(かじ)りついてなにか書物を読んでいたらしく、

「一郎太、わしの貴重な時を費消するのだ。夫婦喧嘩などの仲裁ではないな」

と苦虫を嚙み潰したような顔で念を押した。

「うちは夫婦喧嘩などしません」

「夫婦も飽きてくると角突き合わせる」

「うちは違います」

一郎太は頑固に上役に抗した。

ふうーん、と鼻で返事した笹塚が、

「酒をくだされ」

と台所に向かって叫んだ。

一郎太は黙っていた。笹塚が行おうとすることを遠慮したり、断ったりすると

屋敷から追い出される。何人もの同輩同心が追い返された事実があるのを一郎太は承知していた。

「なんの用だ」

火鉢を抱え込んだ笹塚が木下一郎太を睨んだ。

一郎太は尚武館の住み込み門弟松平辰平が失踪した経緯を告げた。その途中に老婆が酒の仕度をして笹塚と一郎太の前に折敷膳（おしきぜん）を置いた。

老婆は笹塚孫一の母親の末女（すえめ）だ。

一郎太は、若い頃から笹塚孫一が老母と二人暮らしなのを承知していた。女房のいないことに探りを入れようとする者は、これまた屋敷から追い出され、二度と笹塚邸を訪れることは許されなかった。

一郎太は話を続けながら、ぺこりと末女に会釈をした。

だが、末女はにこりともせず下がった。

膳の上にはそれぞれちろりで燗（かん）をした酒、そして猪口と、菜の目刺しに沢庵（たくあん）が二切れ載っていた。

「飲め」

笹塚が一日駆けずり回った部下に命じた。

一郎太は頷くと、蕎麦猪口のように大ぶりな酒器に手酌で酒を注いだ。だが、口にはしなかった。

話を終わりまで告げた。

「松平辰平は尚武館の高弟であったな」

笹塚が念を押した。

「先代の玲圓先生の時代に入門し、玲圓先生亡きあとは坂崎さんが手塩にかけた門弟にございます。また武者修行も経験し、坂崎夫婦が江戸を離れた旅にも途中より同道して、修行を積んできたなかなかの武術家です」

「四、五人程度の相手に捕われることはないと申すのだな」

「はい」

「なぜ松平辰平がその者たちに心を許したか、油断したか。一郎太、それがそなたが夜分、わが役宅を訪ねた理由か」

「湯島天神にお参りしていたのは間違いなく松平辰平どの、それを囲むように四、五人の者が対面していたそうです。一人は黒羽織に袴、残りは裾の短い巻羽織に着流し、と酔っぱらいの満五郎は申しておりました」

「その職人の言、どれほど信用がおける」

「正直、夢か現か判然としませぬ」

「そなたはなにが気になったのだ」

と笹塚孫一が念を押すように言った。

「満五郎は最初、提灯の灯りを見たような気がする、ただし文字は読めぬと申しておりました」

「満五郎なる植木職人が見た提灯が御用提灯と言いたいのか」

「そうとは言い切れません。ただ松平辰平どのがなんの不審も抱かなかったことが気にかかるのです」

「われらの仲間ゆえ松平辰平は油断した、抗わなかったと言いたいのだな」

「考え過ぎにございますか」

「飲め」

再び命じた笹塚孫一が瞑目して沈思に入った。こうなれば次にいつ口を開くかだれにも分からなかった。

一郎太は大ぶりの酒器に口をつけた。松平辰平のことが気にかかったが、喉の渇きには抗しきれなかった。口には出さなかったが、

（美味い）

と思った。

どれほど笹塚孫一の沈思は続いたか。

「おぬしが案じているように、こたびの一件はいよいよ田沼父子がなりふりかまわず牙を剝き出しにした結果と思える。倅の田沼意知様を己の跡継ぎにするために、尚武館を消滅させる決意をしたのだ」

「田沼父子の意を含んだ者の仕業にございますな」

「言わずと知れたことよ」

笹塚が自ら徳利を摑み、酒器に酒を注ぐと舐めた。

「おぬしに改めて説明することもないが、うちの奉行牧野成賢様の弟の女房は老中水野忠友様の妹である。水野老中は田沼意次様の四男意正様を養子にしておる。ゆえに田沼様と関わりがないこともない」

「はい」

木下一郎太が懸念し、八丁堀で迷った理由だった。

「さらに北町奉行の曲淵景漸様の実子が養子に出て、田沼意次様の用人の娘と夫婦になっておる。南北奉行ともに田沼意次老中と関わりを持っておる」

「笹塚様は、松平辰平の失踪に南北両奉行が関わっていると申されますか」

「どちらか一人の命がなくば、与力同心は動けまい。そなた、その懸念があるゆえわしに会いに来たのではないか」

小さく頷いた一郎太は、

「笹塚様は酔っ払いの満五郎の申すことを信じられますか」

と念を押した。

「一郎太、そなた、わが役宅の戸を叩いたのは、酔っ払いの言を信じたからであろう」

「はい」

「ならば余計な言辞を重ねるな。そなたが案じるように、南と北のどちらかが関わっておる」

笹塚孫一が言い切った。

「さて南か北か」

笹塚がくいっと酒を飲み、再び瞑想した。

「一郎太、しばらくおぬしの胸に仕舞っておけ。小梅村にも洩らしてはならぬ。約定できるか」

「畏まりました」

「うちの奉行牧野成賢様は近々大目付（おおめつけ）に転任なさる」

「町奉行職から、大名家を監督する大目付にでございますか。まさか老中田沼様の命ではございますまいな」

「分からぬ」

と笹塚孫一が答えた。

「だが、その見込みは大いにある。つまりいよいよ牧野様は田沼一派に引き寄せられたということじゃ」

「牧野様は南町奉行として最後のご奉公をなされたと」

「そのことを手土産に大目付に転職なされるのやもしれぬ。推測にすぎぬがな」

「どうしたもので」

「急ぐな。まだ牧野様が動かれたとは言い切れぬ。北町奉行の曲淵様にも動機はなくはないのだからな。とかく幕閣におられるお方は出世欲にとり憑（つ）かれておられる」

「笹塚様、どちらにしろ奉行所が関わったとなると、小梅村には言えませぬ」

「事態がはっきりするまで一言も洩らしてはならぬ」

「笹塚様、なんぞお知恵がございますか」

「ない」

と笹塚孫一が大きな声で答えた。

「じゃが、坂崎磐音にはこれまで無数の借りがある。かようなときに動かぬでは笹塚孫一の男が廃る」

「いかにもさようです」

木下一郎太の返答に笹塚がじろりと睨んだ。余計なことを言うでないと険しい眼光が語っていた。首を竦める一郎太に、

「一郎太、こたびの一件、成り行き次第では、わしとそなたは奉行所を放逐されるやもしれぬ。いや、詰め腹を切らされることも大いに考えられる。その覚悟があるか」

「ございます」

一郎太の返事は潔かった。

「よし、この一件、わしとそなたの秘密じゃ、よいな」

「はい」

「なんぞわしに言うことがあるか」

なければ帰れと笹塚孫一は言っていた。尻を上げかけた一郎太は、

「松平辰平どのは未だ生きておりましょうか」

「生きておる、そう考えぬとわれらも働き甲斐がない」

「となるとどこへ松平辰平どのを匿ったか」

「田沼一派は坂崎磐音の親父様を神保小路に軟禁したのであったな」

「はい。おなじ場所に幽閉しましょうか」

「こたびの一件、実際に動いたのはわれらの仲間とすれば、これまで使うた場所ではあるまい」

「それがし、明日から松平辰平どのが囚われている場所を、町廻りをしながら探します」

「許す。わしは南北奉行所のどちらにも探りを入れて、湯島天神に現れた者たちがだれか突き止める」

「お願い申します」

一郎太は上役に深々と頭を下げて願った。

「一郎太、われら、不浄役人と蔑まれる町方役人ゆえ、ふだんから頭を下げることなどない。だがこたびの一件、わしは真相を知るためなら頭も下げれば、汚い手も使う。老中若年寄父子に奉行所まで壟断されてたまるか」

笹塚孫一の言葉は低声だった。だが、その声音の中にめらめらと燃える怒りを一郎太は感じ取っていた。

一郎太は辞去するために立ち上がった。

「一郎太、松平辰平の失踪、なにかが起こることの予兆じゃ。小梅村ばかりに不運が続くとは考えられぬ。だが、なにかが起こる。決してそのきっかけを見逃すでない」

木下一郎太は頷くと無言で辞去の挨拶を告げた。

そのとき、笹塚は再び瞑想していた。

自らの役宅に戻ると菊乃が、ご苦労にございました、と玄関先で出迎えた。笹塚孫一を訪問したことなど、菊乃は一切触れなかった。

菊乃の父瀬上菊五郎もまた北町奉行所の非常取締掛与力を務めていた。ために御用のことを女が訊いてはならぬと幼い頃から教え込まれていた。

「夕餉は」

「まだじゃ」

「すぐに仕度をいたします」

木下一郎太は巻羽織にした三つ紋付きの羽織と黄八丈の小袖を脱ぐと普段着に替えた。

数寄屋橋で磐音に出会ってからの行動をしばし振り返り、自らがこの一件に関わった場合、どこに松平辰平を隠すかと考えた。

だが、疲れた頭になんの考えも浮かばなかった。

菊乃が膳を運んできた。

酒がついていた。ふだんにはないことだ。

「笹塚様のお宅で酒が出た」

「おや、珍しいことが」

「末女様にも久しぶりにお目にかかった。とはいえ、酔うほどに飲んだわけではない」

分かっております、という顔で菊乃が一郎太に猪口を持たせ、酌をした。

「どうしたのだ」

「お疲れのご様子なので」

「それだけか」

「ほかに理由がなければ酒を召し上がってはなりませぬか」

うーむ

と応じた一郎太はぐいっとわが家での酒を飲み、猪口を菊乃に渡して、

「そなたも相手をしてくれぬか」

「頂戴します」

一郎太の酌を受けた菊乃が両手で猪口を持ち、少しばかり口をつけた。

「おや、酒好きのそなたにしては控えめじゃな」

「今宵は格別にございます」

「格別じゃと。どういうことか」

「当ててごらんなされませ」

「さあてのう。今日は思わぬ事態が生じて、ふだん使わぬ神経を遣うてしもうた。頭が回らぬ。なんであろうか」

「お酒をもう一献（いっこん）」

残りの酒をゆっくり飲み干した菊乃が猪口を一郎太に戻し、新たに酒を注いだ。

それを口に持っていきかけた一郎太が、

「まさか」

「まさか、なんでございますな」

菊乃が一郎太を見た。

「菊乃、子が宿ったのではないか」

一郎太の問いに菊乃が笑みで応えた。

「まことか、真じゃな」

「八丁堀の貝原先生の診立てにございます。石女と蔑まれ、婚家から帰された菊乃に一郎太様の子が宿りました」

しばしその言葉を嚙みしめていた一郎太が両手を突き上げ、
うおおっ！

と叫び声を上げた。

そんな喜びの声が八丁堀の春の夜に響きわたり、静かに広がっていった。

第五章　女牢の髷

一

松平辰平が湯島天神の境内から忽然(こつぜん)と姿を消して二日が過ぎた。

尚武館では一見ふだんどおりの暮らしが続いているように思えたが、昼からの稽古は、

「尚武館改築祝い　大名諸家対抗戦」

の仕度のためという理由で休み、住み込み門弟らもそれぞれが伝手(つて)を求めて、探索に従事していた。

尚武館の探索掛というべき弥助と霧子は、昼夜をおかず田沼一派の拠点とみられる場所のすべてに眼を光らせ、辰平が連れ込まれた気配はないかと探っていた。

だが、どことい って変わった様子は感じ取れなかった。

磐音は小梅村にいて、ひたすら知らせを待っていた。

この夜、霧子が磐音に報告した。

「若先生、木挽町河岸にて佐野善左衛門様らしき姿を一瞬見かけました」

「佐野様が江戸に戻っておられるか」

霧子の報告に、磐音は厄介事がまた一つ生じそうな気がしたが、口にはしなかった。佐野を自制させようと試みても、これまで度々失敗していた。

「すぐに猪牙を舫い、河岸道に上がりましたが、ちょうど木挽橋の上を大店の娘の嫁入り道中が通りかかり、人込みが一段と増えまして佐野様の姿を見逃してしまい、確かめられませんでした」

霧子がすまなそうに言った。

「佐野様は田沼意知様に接触したのであろうか」

「いえ、そのような感じはございません、仇敵の様子を見に来たという感じにございました。佐野様が屋敷に戻っておられるかどうか調べましたが、その様子はございません。ゆえに私が見間違うたということも考えられます」

「いや、探索に慣れたそなたの眼が一瞬にして捉えたのだ。佐野様を見間違えるはずもない。また佐野様が次なる行動を考えて動き出したことは大いに考えられる」

磐音は佐野善左衛門が江戸に戻ったことで、田沼一派がどのような動きを示すかも思案しておかなければなるまいと思った。

「霧子、ご苦労であったな。下がって夕餉を食しなされ」

「師匠は未だ」

「戻っておられぬ。皆に苦労をかける」

磐音の言葉を聞かなかった振りをした霧子は、母屋の座敷から勝手に下がった。

その刻限、南町奉行所の与力同心を束ねる年番方（ねんばんかた）の笹塚孫一は、奉行の御用部屋で、大目付に昇進して数寄屋橋を去る牧野成賢と対面していた。

その直前、下城してきた牧野に呼び出されたのだ。

「笹塚、それがしの後職が決まった。勘定奉行から山村信濃守良旺（やまむらしなののかみたかあきら）様が南町奉行に補職なされる」

笹塚は頷くと、山村良旺が格別田沼一派と縁が深いということはなかったな、と一瞬考えを巡らした。

「笹塚、それがし、明和五年（一七六八）より十六年の長きにわたり南町奉行として無事務めてこられたのは、そなたをはじめ、多くの与力同心に助けられたおかげである。改めて礼を申す、笹塚孫一」

牧野成賢の口調はしみじみと笹塚の耳に響いた。

笹塚孫一が十六年余仕えた牧野は、正徳四年（一七一四）生まれゆえ齢七十を越す直参旗本であった。

旗奉行牧野成熙の次男に生まれ、一族の牧野成晴の娘を娶って末期養子になり、二千二百石を継いでいた。

南町奉行牧野成賢の業績は、安永九年（一七八〇）、深川茂森町に無宿養育所を設け、無宿人や浮浪者を一時的に住まわせ、手に職を付けさせようとしたことだろう。だが、無宿人らは役人の監視下にあることを嫌って頻繁に逃亡したため、わずか六年の試みに終わった。

だが、牧野のこの企てはその後、火付盗賊改方長谷川宣以の石川島人足寄場に継承されて、実を結ぶことになる。

「牧野様、それがしこそお奉行にお仕えできたこと、幸せに思うております」

と答えながら、今を時めく田沼意次と縁を持ちつつも、十六年も町奉行の地位に留まり続けた牧野の立場をどう考えればよいか、笹塚は迷った。

　田沼父子に阿るならば、もっと早く大目付や寺社奉行に出世していても不思議ではあるまい。それがなぜかくも十六年の長きにわたり、一町奉行に留めおかれたのか、笹塚は改めて考えた。

（ひょっとしたら、牧野成賢様は田沼意次様と距離をおいて町奉行職に甘んじてこられたのではないか）

　とすると、松平辰平の失踪に手を貸す、あるいは黙認した代償として大目付に出世することは考えられないのではないか。田沼という奥の手を使ったならば、すでに幕閣の中枢部にいてもおかしくないのではないか。

「笹塚、なんぞ心配事か」

　笹塚孫一の顔色を見た牧野が言った。

「いえ、お奉行が大目付に昇進なされたのがあまりにも遅かったと、われらの働きのなさを悔やんでおります」

「笹塚、一代かぎりの与力同心が、渡り鳥のごとき奉行の出世などを考えるものか」

「いえ、気の合うたお奉行の下で烏滸がましくも知恵者与力などと異名を立てられ、好き勝手に働くことができたこと、言葉では言い尽くせませぬ」

「ふだんからそれがしの命など屁とも思わぬ笹塚孫一が、珍しくも殊勝な言辞を吐きおるな」

と牧野が苦笑いし、

「最後に聞いて遣わす。懸念があれば申せ」

「お奉行、お言葉に甘えてようございますか」

「重ねて言うな、許す」

「なぜ十六年の長きにわたり南町奉行の地位に留まられました」

「はてのう、こればかりは幕閣の上層部が決めることよ」

「恐れながらお奉行は伝手を辿れば、老中田沼様のお力を頼ることもできましょう」

「笹塚、わしは旗奉行の次男坊として生まれ、生涯部屋住みを強いられても不思議ではない立場にあった。それが偶さか一族の末期養子になり、町奉行の要職を務めることとなった。それ以上なにを望む」

「幕府の中枢部に加わることをお考えになりませんでしたか」

「田沼様にお縋りしてか」

「はい」

「そなたが言うように縁を辿れば、田沼様のお力を借りることができたやもしれぬ。笹塚、それがし、生来の臆病者でな、人の反感反発を買うてまで出世はしとうない」

「お奉行は賢いお方にございます」

「今宵は大頭与力どの、いささかおかしいぞ」

「で、ございましょうか」

「満ちた月は虧（かけ）るのみ」

牧野成賢が言い切った。

「お奉行、それがし、詫びねばなりませぬ」

「なにをか、笹塚」

「お奉行のお人柄をただ信じるべきでした。田沼様と縁戚があるゆえ、つい曲がった見方をしておりました」

「ためにそなたの職に手抜かりが生じたか」

「いえ、そういうことではございません。もそっと正直に忌憚のうお仕えすべきであったと反省しております」

「ますます怪しい。かように二人して膝を交えて話すのも最後の宵かもしれぬ。胸の閊えを話せ」

首肯した笹塚は、

「それがしがふだんから尚武館佐々木道場の後継坂崎磐音なる人物と親しきことはお奉行もご存じにございましょうな」

「西の丸家基様の剣術指南を務めた人物よのう。しばし江戸を離れていたようだが、小梅村に道場を構え、尾張様、紀伊様をはじめ、大名家の家臣が指導を仰いでおるようじゃな」

「後ろ盾が両替屋行司の今津屋にございますれば、食うには困りません」

ふうーん、と鼻で返事をした牧野が、

「坂崎磐音の養父佐々木玲圓どのは家基様に殉じられたのであった。つまりは田沼老中父子にとって不倶戴天の敵というわけじゃな」

「いかにもさようでございます」

「そなた、最前から持って回った話ばかりで、肝心の話をいつなす気か。このままでは夜が明けようぞ」

「坂崎磐音の門弟の一人が行方を絶ちました。二日前のことにございます。松平辰平と申し、父は直参旗本御小納戸衆の松平喜内様にございます」

と前置きした笹塚は、木下一郎太から聞いた辰平失踪の経緯のすべてを告げた。

話が終わっても牧野はなにも応えなかった。

長いこと思案していた。

「笹塚孫一、酔いどれの目撃者の言を信じ、松平辰平とやらを連れ去った者どもが町奉行支配下の与力同心と申すか」

「少なくとも木下一郎太はそう考えました。松平辰平は坂崎磐音が手塩にかけた門弟。このご時世に西国武者修行を五年も経験し、修羅場を潜ってきた若武者にございます。四、五人が相手であったとしても、辰平ほどの腕ならば、たちまち斃しておったでしょう。それが抗うことをしなかった」

「町方ゆえ、話せば分かると考えたと申すか」

「はい」

「笹塚孫一、そなた、それがしが密かに命じて松平辰平を捕縛させたと考えたか」

「えらい勘違いにございました」

「十六年余付き合うて、この評価か」

「笹塚孫一、未だ青し。思慮に欠けておりました」

ふうーん、と返事をした牧野が沈思した。これで何度目か。

「笹塚孫一、そなたも、松平辰平を連れ去った者どもが奉行所与力同心と思うておるのか」

と再び念を押した。

「少なくとも、そのうちの一人は松平辰平の顔見知りで、われらの仲間であった。ために辰平は油断した、いえ、そやつの言葉を信じたのでございましょうな」

「よし、仮にそういたそうか。だが、それがしはそのような命を放ったことはない」

「最前からのお奉行のお言葉で、それがしの勘違いと判明しました」

「松平辰平は殺されておらぬか」

「どこに連れ込まれたか知りませぬ。ですが、疑心を感じたとき、松平辰平は素手であっても阿修羅(あしゅら)のように暴れまくりましょうな。となれば、われらの仲間に一人ふたりの死者が出るのは必定にございます」

「そのような話は伝わってこぬ」

「ということは、未だ生かされておる。さすればどこに連れ込まれたかです」

牧野成賢は笹塚孫一が持ち込んだ話に俄然関心を示していた。

奉行の部屋に笹塚孫一だけがいて、長い談義が続いていた。

「与力同心四、五人を動かすとすれば、そなたのような知恵者にしかできまい」

「お奉行、それがしにそのような力はございません」

「歳ふりた古狸（ふるだぬき）でもできぬとすると、あとは奉行か」

「南町の奉行様は知らぬと仰る。となると残るは北町奉行お一人」

「曲淵景漸様は、政（まつりごと）にも商いにも精通した奉行じゃぞ。そのような荒事に手を貸すとも思えぬ」

町奉行の職務の第一は江戸の治安と物価の安定だった。確かに曲淵は南町奉行の牧野よりも経済に精通していた。

「ただし、牧野様と異なり、癇性な気性にて、北町では、奉行の機嫌と秋の空ばかりは読み切れぬとの評判でございますそうな」

笹塚孫一の言葉を裏付ける話がこの三年後に起こった。

天明七年（一七八七）のことだ。

大飢饉の最中、江戸では米の値段が高騰し、日々の暮らしに事欠く事態を招いた。町役人の代表が北町奉行曲淵に陳情に及んだ折り、曲淵は、

「飢饉はこれまでも度々あった。米が払底した折り、犬を捕まえ食うたと聞く。犬一匹なれば七貫文で買えよう。そなたら、米が買えぬなら犬を食らえ」

と放言し、奉行を免職されることになる人物だ。

「とはいえ曲淵様が、老中田沼様の言いなりになり、御用以外の命を易々と受けられるお方とは思えぬ」

「となると、湯島天神の与力同心は町方ではないということになります」

「待て、笹塚」

と牧野が思案した。

「曲淵どのの内与力に一人変わり者がおるのを承知か」

内与力は一代限りの与力職で、南北奉行所それぞれに配置されている与力二十五騎のうちではない。直参旗本から奉行に任じられた者が家来を数人引き連れてきて、奉行の用人を務めるのだ。そして、奉行の転免とともに再び屋敷に戻るのだ。

「曲淵様の内与力にそのような人物がおりましたかな」

笹塚孫一は北町の内与力の顔を思い出した。

「たしか筆頭の内与力どのは曲淵家の用人戸口與右衛門と申されるお方にござい

ましたな」

「戸口は万事温厚な人柄と聞いておる。その人物ではない。曲淵どのの内与力で、若年寄田沼意知様とつながりを持つ人物がおると聞いた。この者の出自はなんとも奇妙なものと城中で小耳に挟んだことがある。それがしもそれ以上のことは知らぬ」

笹塚孫一はしばし考えた上、牧野奉行の御用部屋を辞去した。

天明四年の三月二十四日、佐野善左衛門政言は、城中で幕閣内を揺るがす大騒動を引き起こす。そのとき牧野成賢は大目付に就いていたが北町奉行の曲淵景漸とは、佐野の処分を巡って明暗を分けることになる。だが、それもまた少しばかり先の話だ。

翌日の昼下がり、笹塚孫一は木下一郎太を同道して小梅村に坂崎磐音を訪ねた。そのとき、磐音は江戸の切絵図を眺めていた。

笹塚は、切絵図から顔を上げた磐音に疲れと焦慮(しょうりょ)があるのを見てとった。だが、言動はふだんのとおりだった。

「未だ松平辰平の行方は知れぬな」

「知れませぬ」

　磐音が答えた。

　笹塚は長いこと沈思した。泉水を渡った風が吹いてきて、切絵図がぱたぱたと音を立てた。笹塚はおもむろに口を開いた。

「昨夜、奉行の牧野様と初めて腹を割った話をなした」

　と前置きした笹塚は、本来ならまだ内々の話を事細かに告げた。

「なんと、奉行牧野様にさようなことまでお尋ねになりましたか。笹塚様にお礼の言葉もございません」

「なあに時に小梅村の役に立たんと、そなたの手伝いが受けられんでな」

　と磐音の言葉に応じた笹塚孫一が、

「牧野成賢様が老中田沼意次様、若年寄田沼意知様の言いなりになって、南町の与力同心を動かしたことはない。またうちに、奉行の命なしに動くような与力同心がおるなれば、年番方与力のわしの眼は節穴ということになる」

　と言い切り、磐音も頷いた。

「牧野様は南町奉行のお役目を十六年の長きにわたって務められた。もそっと早く親しゅう話ができておれば、未決の騒ぎも減っていたのではないかと悔やまれる。また天明の大飢饉の江戸でのかような広がりも、未然に防げなかったかとの悔いは残る」

「笹塚様、飢饉は未だ続いております。新しいお奉行とともに、力を注いでくだされ」

と願った磐音に、

「松平辰平を連れ去った者どもがおよそ判明した」

と笹塚孫一が言った。

「なんと申されました」

「そなたが耳にした言葉どおりだ。そして、湯島天神の拝殿前の光景を見ておった酔っ払いの満五郎の記憶も、木下一郎太の推測も当たっておったのだ」

「奉行所の与力同心でございましたか」

「北町奉行曲淵景漸様の内与力猫田金次郎が、冷や飯食いの四人の同心を集め、松平辰平に狙いを定めたと思える。むろん田沼意知様と猫田内与力が内談いたし、取り決めたことかと推測がつけられた」

「辰平どのは猫田なる内与力と知り合いにございましょうか」

「ない。ないと思える」

ならばどうしてという不審が磐音の胸にあった。

「同心四人のうちの一人に渡辺裕五郎と申す者がおって、改築前の神保小路の佐々木道場に、わずか半年ほどだが、稽古に通うたことがあるそうな」

磐音には渡辺裕五郎の記憶は曖昧としていた。だが、北町奉行所同心が入門していたということには微かに記憶があった。

「つまり辰平どのは、昔の佐々木道場の門弟であった同心どののゆえ気を許した」

「と思える」

磐音は大きな息を吐いた。

「となれば、北町奉行所の内与力猫田どのと同心方が辰平どのをどこに幽閉しておるのか」

笹塚孫一が帯に挟んだ扇子を抜くと、磐音が見ていた切絵図の一角を差した。

「坂崎どの、ここが猫田の古巣よ」

二

辰平は人の好さをいささか悔やんでいた。

まさか小伝馬町の牢屋敷に入る身になるとは夢想だにしなかった。さらにそこが女牢と知ったのは、ここに連れ込まれてから数日後のことだった。迂闊にも人を信じたことが松平辰平の生涯最大の失態に繋がろうとは、と何度も己を責めた。

あの夜、辰平が稲荷小路の屋敷を出て、

（そうだ、湯島天神にお参りしていこう）

と思い付いたのは、懐の中に箱崎屋のお杏の文があったからだった。

お杏はすでに旅の道中にあり、瀬戸内の海を箱崎屋所有の船で摂津大坂に向かっていた。一通は筑前博多から出されたもので、二通目は船中で書かれた短い文だった。大坂に着いた直後に飛脚屋に託されたものだ。それによると箱崎屋の大坂店に数泊し、その後、淀川を往来する三十石船で京の伏見に到着するそうな。船中、船酔いにもならず瀬戸内の海や島々を楽しんだとあった。

また大坂、京見物が待ち遠しいとも記されていた。そして文の最後に、どうか道中の安全と一日も早い再会が叶うよう、辰平様もお祈りしてくださいとあったのだ。

その文面を思い出した辰平は、小梅村に戻るにはいささか遠回りだが、水道橋を渡って湯島天神を訪ねようと思い立ったのだ。

神田川を挟んで稲荷小路に屋敷を構える松平家にとって、湯島天神と神田明神は産土神（うぶすながみ）のようなものだった。

辰平自身のお宮参りは湯島天神だと母から聞かされていた。ゆえに辰平のお守りは古い湯島天神のものだった。

そのほか、湯島天神には神保小路の佐々木道場の修行時代、稽古の終わりに若手連中で神保小路から湯島天神の拝殿まで走って足腰を鍛える仕来りがあり、いろいろと思い出があった。

痩せ軍鶏と呼ばれた時代、苦々しい思い出もあった。

その思い出とは、若き日の辰平が放埒（ほうらつ）だった遊び仲間から抜け、佐々木道場で剣術修行に打ち込む決心をした頃の話だ。辰平は湯島天神下の甘酒屋ふじくらの娘おうめが好きで、おうめも辰平を憎からず思っていた。

だが、このおうめに悪仲間の頭（かしら）分池内大吾（いけうちだいご）が惚（ほ）れており、辰平は池内の奸計に嵌り、窮地に落ちたのだ。

その折り、磐音と鐘四郎の二人に助け出され、懇々と説諭されたのだ。

八年前、安永五年（一七七六）の正月のことだった。

辰平にとって湯島天神は、悩んだり考えたりする折りにお参りして祭神の菅原道真公に願を掛ける唯一の場であった。ゆえにあの夜も迷いもなく水道橋を渡った。

時折り、春嵐と思えるような冷たい風が吹き抜けていたが、辰平の気持ちを二通の文が温かくしていた。

湯島天神に到着したとき、梅の季節は終わっていたが吹きつける風に梅の香りを感じた。

拝殿前で姿勢をただし、賽銭箱になにがしかの銭を入れ、一番大事な二つの文を賽銭箱の縁に置き、箱崎屋一行の道中安全を祈願した。

文二通を賽銭箱の縁の上に置いたのは、お杏の道中の無事を願う気持ちの表れであった。

心の中で願いを告げ終えた後、背後で人の気配がした。

辰平が振り返ると北町奉行所の御用提灯の文字が風に揺れていた。

「おお、やっぱりこちらにおられたか」

と一人が言った。

辰平が提灯の灯りに認めたのは町方の与力同心五人だった。

尚武館道場の付き合いは南町奉行所が深い。年番方与力の笹塚孫一や定廻り同心の木下一郎太との交流があったからだ。

「覚えておられぬか。それがし、神保小路時代の佐々木道場に世話になった、北町同心渡辺裕五郎にござる」

と声が言った。

辰平はしばし記憶を辿り、

「佐々木道場改築前のことにございましたな。それがしは入門したての新入りにございました」

「おお、思い出されたか。松平辰平どのは今や尚武館坂崎道場を代表する剣の遣い手として江都に名が知れ渡っておられる。それに比べ、こちらは奉行所の御用多忙を理由に剣術修行を志半ばで中断し、今や腰の刀は飾りにござる」

渡辺裕五郎が卑下した。

辰平は、渡辺は慥か四、五歳上であったなと考えていた。

「渡辺様、それがしを探しておられたのですか」

「そうなのだ。小梅村に参り、そなたが稲荷小路の屋敷に戻っておられることを聞いて、お屋敷を訪ねた。するとそなたが出たばかりと、母御に教えられた。またこれから小梅村に戻るのかといささかうんざりしておると、母御がな、ひょっとしたら、倅は湯島天神にお参りして、小梅村の尚武館に戻るやもしれぬと、教えてくだされた。さすがは母御じゃな、倅どのの行動をよう知ってござる」

渡辺はぺらぺらと喋った。

それで辰平は渡辺らが湯島天神に姿を見せた理由の一端を知った。

残りの四人は沈黙したままだ。

「で、北町のお歴々がそれがしに用事とはなんでございますか」

「そなたには迷惑な話かと存ずる。そなた、新番士佐野善左衛門どのと知り合いじゃそうな」

「知り合いといえば知り合い、たしかに面識はございます」

辰平の胸の中で警戒の鐘が響いた。

「われらも事情はよう知らぬが、譜代の臣佐野様がいかがわしき所業をなしたとの訴えがあり、北町のわれらの仲間の手で押さえられた。むろん町方が直参旗本のお調べができるわけもない。だが佐野様は、尚武館の門弟松平辰平を呼べ、そうでなければ一言も事情は話せぬとの一点張り。ためにお奉行も曖昧なまま目付に引き渡してよいものかどうか困惑されてな、われらにそなたの手を借りるようにと命じられて、かように小梅村から稲荷小路、さらには湯島と、船やら徒歩やらで走り回った次第でござる」

「おかしゅうございますな」

「なにがおかしい」

渡辺裕五郎が即座に応じた。

「佐野様は病加療のために江戸を離れておられるそうな」

「なに、そのことか。それが江戸に戻ってこられ、このような騒ぎを起こしたのだ。それでわれらも困惑しておるところだ」

と言葉を重ねた渡辺が、

「おお、それがしだけが喋ってしもうた。こちらにおられるのは北町奉行曲淵様の懐刀(ふところがたな)と評判の内与力猫田金次郎様じゃ」

と、ひょろりとした壮年の武士を紹介した。

その者だけが袴(はかま)を穿いていた。辰平は、この五人の中でいちばん油断のならない人物こそこの猫田であり、剣の遣い手と推測した。

「猫田と申す。足労をかけるが渡辺が話したとおりじゃ。お上の御用ゆえ、手伝うてはもらえぬか」

内与力の猫田が辰平に丁寧な口調で言った。

辰平はなかなか切れ者の内与力と考えながらも、どこか釈然としない思いもないではなかった。

「それがしにどうせよと申されますので」

「昌平橋に奉行所の船を待たせておる。新シ橋(あたらばし)まで同乗願い、牢屋敷に参る」

「佐野様は牢屋敷におられますので」

「いや、そういうわけではない。牢奉行石出帯刀(いしでたてわき)様をそれがし、よう知っておってな。小伝馬町近くで佐野様が取り押さえられた折り、佐野様は怪我を負われたそうな。そこでそれがしが指図して、牢医に治療を願えと同心どもに進言したのじゃ。治療は済んだそうな。だが、奉行所に直参旗本を呼ぶこともならず、佐野様の身柄を牢奉行石出様のところに預けたままになっておる。ともかく北町奉行所としてはこの一件、内々に済ませたいというのが本音にござる。厄介なこととは存ずるが、お願い申す」

内与力猫田金次郎が頭を下げた。

「ならば佐野様にお会いするだけはいたします。されどそれがしが役に立つとも思えませせぬ」

「いや、助かった」

辰平は拝殿を背にして立っていたが、賽銭箱の縁に置いたお杏からの文二通を賽銭箱へと、そおっと落とし込んだ。

なにか格別な考えがあってのことではない、咄嗟の行動だった。

北町奉行所の面々の言葉を完全に信用したわけではなかったからだ。同時に佐野善左衛門ならば、なにがあっても不思議ではないとも思い直した。

辰平の相反する考えがその行動を起こしたといえた。

もし佐野が事実辰平を呼んだのであれば、明日にも湯島天神に戻り、賽銭箱の文を回収しようと考えたのだ。松平家と湯島天神は知り合いの仲だ。その程度の無理は聞いてくれよう。

ともあれ、お杏の文を菅公にお預けして、北町奉行所の面々に従った。

小伝馬町の牢屋敷の囚獄を三百石高の石出帯刀が代々務めた。二千六百七十七坪の牢屋敷内の一隅に石出帯刀の役宅があった。牢屋敷の表門は南西を向き、裏門は埋門と呼ばれ、小伝馬上町側にあった。

案内されたのは埋門だが、辰平には馴染みのない場所であり、門を入ったとこ

ろで牢屋同心が待ち受け、

「恐れ入りますが、決まりにより、ご一統様の大小をお預かりします」

と言い、猫田金次郎らも当たり前のように腰のものを牢屋同心に預けた。

辰平も預けざるをえない。差料を抜くと、急に不安が増した。

「こちらへ」

牢屋同心が案内に立った。

牢屋敷について松平辰平の知識は、悪いことをした者が収牢されるところくらいのものだ。

牢にも無宿牢、大牢、百姓牢、女牢、揚り屋と区別があって、宿無しは無宿牢、大牢は一般の町人が入れられ、百姓牢と女牢は読んで字の如しだ。だが、女牢に女の入牢は少なかった。

揚り屋は、やや身分のある者、下級御家人、陪臣などが入る牢のことだ。このほかに、揚り座敷と呼ばれる牢があって旗本・御目見以上、身分の高い神官、僧侶が入る牢が、裏門近くにあった。

だが、辰平は、真っ暗な外鞘、つまり板壁と牢格子に囲まれた三和土廊下を歩かされ、西口揚り屋に接した牢の前に連れてこられた。

鞘とは細長い通路の意味で、内鞘は牢の中、外鞘は牢屋敷の建物の壁代わりといえた。

辺りは就眠しているのか遠くから鼾が聞こえてきた。それが辰平になんとも言えぬ牢暮らしの切なさと厳しさを告げた。

「佐野様がおられる」

「かようなところにでございますか」

「いささか気が高ぶっておられてな、見よ」

内与力の猫田金次郎が開かれた格子戸の奥を指した。暗い牢の一隅に背を向けた人物が座っているようにも思えた。

「佐野様にございますか」

辰平が声をかけ、腰を屈めて覗き込んだ。

その瞬間、辰平の背が後ろから押されて、思わず牢の中にたたらを踏んで入り込んだ。すると、ばたんと頑丈な格子戸が閉じられた。

「なにをなされます」

辰平が声を上げたが、外鞘から人の気配は消えた。

なにが起こったのか、うすぼんやりとした灯りに内鞘と呼ばれる牢内を見回した。人影と思えたものは、まるで人間が背を向けて座っているかのように置かれた綿入れ、それだけのものだった。

騙された、と辰平は思った。

ともかく落ち着くのだ。

辰平は尚武館の稽古の合間にしばしばなされる座禅を組み、心を平静に保つことにした。そして、気持ちが鎮まったところで自問した。

(だれがかような真似をなしたか)

北町奉行所の内与力同心も手先だ。かような所業を企んだのは老中田沼意次、若年寄田沼意知父子だ。それが最初の設問であり、答えだった。

すべてはここから発していた。これは確信だった。となると辰平は油断したことになる。まず今はそのことで自らを責めまいと思った。

(佐野善左衛門様と関わりのあることか)

佐野と尚武館の関わりを知る者が仕掛けた罠だ。となれば、これまた田沼一派の企てであることを示していた。

(なぜ自分が狙われたか)

辰平はしばし沈思した。

おそらく、田沼一派は坂崎磐音を頭領とする尚武館坂崎道場の力を減じるべく、門弟の一人を狙ったのだろう。辰平の次は重富利次郎だ。そして徐々に坂崎磐音を孤立無援に追い込む企てであろう。

(さて、松平辰平はどうなるのか)

北町奉行所の面々が動き、自分を小伝馬町の牢屋敷に押し込んだのだ。命を助けてくれるなどありえまい。またださも自分が牢屋敷に閉じ込められているなど、夢想だにすまい。すると自分には死しか残されていない。

(死はどのような形で襲いくるのか)

長い刻、考えた結果、このまま放置し、餓死を待つことではないかと答えを出した。

(反撃の機はないか)

それにはどのような牢に閉じ込められ、どのような待遇を受けるのか、冷静に観察することだ。このまま牢に閉じ込められて餓死するのを待つのはご免だと思った。

(なにか抗う術はないか)

座禅を組みながら辰平の考えは千々に乱れた。そして、思い付いた。

自分は坂崎磐音の弟子であり、大勢の仲間に恵まれているのだ。必ずや救いの手が差し伸べられる。師を信じ、仲間を信じることだ、と辰平は考えると、ようやく心にほのかな灯りが灯った。

そして、お杏のことに想いを馳せた。

死んでたまるか、お杏とこの江戸で再会するのだ。そのためには生きて、小伝馬町の牢屋敷を脱出せねばならない。

辰平は持ち物を改めて調べた。四年半前、福岡滞在中にお杏に手渡された筥崎宮のお守りがあった。ほかには手拭い一筋、財布には湯島天神の古びたお守り、一分と二朱、それに銭が数十文。牢では銭がものをいうと、だれかから聞いたことがあった。一分ほどの金子が役に立つか。そのほか、普段着の両襟に刃渡り二寸ほどの小刀と一両が縫い込まれてあった。

姥捨の郷にいる折り、覚えたことだ。

雑賀衆の男も女も、小さな刃物を必ずどこかに隠し持っていた。どのような境遇に落ちようと護り刃があれば安心だった。ためにだれもが身につけていた。辰平も雑賀衆を真似て、片襟に隠し、もう一方の襟には一両を縫い込んであった。

小さな刃物と一両が辰平の最後の武器だ。辱めを受け、耐えきれぬときは自害に使う、その覚悟だった。

(よし、寝よう。体を休めるのだ)

反撃は明日からだ。渡辺裕五郎め、許せぬ。それともう一人、猫田金次郎も生かしておけぬ。

佐野の後ろ姿を模していた綿入れを体にかけてごろりと横になった。

牢屋敷の牢に閉じ込められるなど、辰平にとって初めての経験だった。不安が募ったが、明日からのことを考え、眠りに就いた。夜半九つ(十二時)の時鐘が石町(こくちょう)から響いてきたのを聞いて、辰平はようやく眠りに落ちた。

翌日、辰平は目覚めたとき、自分がどこにいるのか、しばし思い惑った。そして、小伝馬町の牢にいることを思い出した。

牢内では五つ(午前八時)と、七つ(午後四時)に飯が与えられた。盛相(もっそう)と呼ばれる飯だった。

小伝馬町の牢屋敷に入れられて二日目の朝、牢屋敷じゅうにその匂いが漂っていたが、辰平の入れられた牢にはだれも姿を見せようとはしなかった。

四つ半(午前十一時)の刻限か、背に『出』の字を染め出した黒色の法被、股引を穿いた牢屋下男(しもおとこ)が姿を見せ、竹筒に入った水を格子の間から投げ入れた。

「それがしは囚人ではない。騙されてこの牢に入れられた者だ」

辰平の言葉になにも応えない。許されていないのだろう。

辰平は床を這いずり、竹筒の水を飲んだ。すると下男が竹筒を返すように無言で命じた。辰平は手にしていた一朱を、空になった竹筒といっしょに格子戸の間から渡した。すると下男がちょっと驚きの表情を見せ、黙って竹筒と一朱を受け取った。

「頼みがある」

辰平の言葉を無視して下男が外鞘から姿を消した。

なぜ水を与えられたか。相手方も自分の処遇に迷っているのか。餓死させるならば、水も与えぬほうが効果もあろう。だが、一朱がものをいったのか、その日の七つ過ぎに飯が供された。

辰平は、生きる一縷の望みがあるやもしれぬと考えた。残りの金子が最後の望みを叶えてくれまいか、そう願った。

磐音やおこんの顔が浮かんだ。

昨日、辰平は無断で尚武館に戻らなかった。

朝稽古も怠った。だが、行き先は知れていた。異変を感じた若先生や仲間たちが動き始めるとしたら、今日の昼前、朝稽古が終わった刻限だ。

弥助か霧子が稲荷小路の実家を訪ねて異変を察知する。それからどう動くか、仲間を信じるしか辰平にすることはなかった。

長い一日がゆるゆると過ぎていった。

三

弥助と霧子は呉服橋の北町奉行所に眼を光らせていた。

だが、曲淵景漸奉行の内与力の一人猫田金次郎が動く気配はなかった。一方、牢屋見廻り同心の渡辺裕五郎は、職掌柄、小伝馬町の牢屋敷に二日に一度のわりで訪れていた。

牢屋見廻り同心の仕事は、牢屋同心の監督である。この渡辺裕五郎の牢屋敷での行動は、笹塚孫一が昔からの伝手を頼って、牢屋同心の一人に見張らせていたが、牢屋見廻り同心の職務をこなすだけで、格別に独りになったり、牢屋敷のどこぞを訪ねるということはないとの報告が上がっていた。

弥助は内与力猫田金次郎が取り込んだ四人の同心のうち、無役の和泉田代之助(いずみだよのすけ)

に狙いを定めた。

三十六歳の代之助は北町奉行所硝石会所掛同心の和泉田家に養子に入り、五つ年上の娘と結婚した。十年も前のことだ。

この代之助、町方同心としては機敏さにも融通性にも欠けており、表情も暗かった。それでも養父の跡を継いで硝石会所掛見習い同心に就いたが、職務を理解しようとはせず、また硝石会所の役人と付き合うこともなく、見習いのままに数年放っておかれたのちに無役に落とされ、今日では、

「北町の落ちこぼれ同心」

の名が定まっていた。

この和泉田代之助の数少ない道楽が酒と釣りで、非番の日には必ず佃島に渡り、終日、ちびちびと持参の酒を飲みながら釣り糸を垂れているという。

弥助も釣り人に扮し、猪牙舟を佃島沖に浮かべて釣り糸を垂れた。和泉田が釣り糸を垂れる眼前の海だ。舟が気になるのか、釣り人が気になるのか、どけどけ、という仕草で和泉田が弥助に命じた。その和泉田の形だが、非番ということもあって菅笠に着流し姿は浪人に見えないこともない。

弥助が知らぬ顔で釣り糸を垂れていると、

「邪魔だ、どけ」

と怒鳴った。

「旦那、ここはわっしの縄張り内だ。そう邪険にしないでくださいな」

「ぬかせ、おまえなど見たこともない」

「わっしは、いつも明け方からでしてね。今日は女房の機嫌が悪いんでさ、いつもより遅くなっちまった。旦那のところはどうですね、奥方様のご機嫌はさ」

「そのようなことはどうでもよい」

「旦那、わっしが邪魔なら、どうですね、こちらの舟に乗り込んで一緒に太公望を決め込みませんか。酒もございますぜ」

「なに、舟から釣りをさせてくれると申すか」

「一人増えたって猪牙舟は文句言いませんよ」

弥助の言葉に和泉田は腰を上げ、釣り道具を纏めた。そして、最後に竹筒に入れてきた酒を振って確かめていたが、もう残り少ないのか栓を口で抜くと、ほとんど入ってない酒を飲み干した。

弥助の舟には貧乏徳利に上酒がたっぷりと入っており、

「旦那、釣りもいいが、酒をちびちびやりながら魚と駆け引きするのは堪(こた)えられませんな。女房がなんと言おうと、釣りには酒、酒なくしては釣りの楽しみも半減しまさあ。おや、旦那、酒が切れましたかえ。海を見ていると酒がすすむからね。どうです、お近づきの印に、一杯」

勧め上手な弥助が茶碗になみなみと灘の下り酒を注いで渡すと、

「よいのか、馳走になって」

「同じ釣り道楽の男同士、酒が取り持つ縁かいなでさあ」

弥助から渡された茶碗酒の匂いを嗅いでいた和泉田が一口飲み、

「そのほう、口が奢っておるな」

と言うと、きゅっと一気に残りを飲み干した。

「浪人さんでは下り酒は飲めませんか」

「ぬかせ。それがし、浪人などではない。歴とした北町奉行所同心だ」

「えっ、こりゃ、お見それしました。形はふだんの身分を偽る工夫ですか。驚いたな。わっしは千石船の船頭にございましてね、陸の旦那方とは馴染みがねえや」

と言いながら弥助が二杯目を注いだ。

およそ一刻後、べろんべろんに酔った和泉田代之助を佃島の岩場に下ろし、釣り道具も酒の入っていた竹筒もかたわらに置いた。

季節は春だ。釣り人が酒に酔い、寝込んでいても訝しがる人はいなかった。

酒に酔った和泉田は、年上の女房の悪口から北町奉行所の上役の才のなさまで、ありとあらゆることを喋った。そして、

「だがな、わ、わしにも運が向いてきた。内与力の、ね、猫田様がわしを買うてくれてな、な、内々の任に就けてくれた」

「町方に内々の任なんてあるんですかえ。聞いたこともねえや」

「ばかをぬかせ。ある、あ、あるのだ。それもな、わ、若年寄様のじ、直々の命だぞ」

松平辰平失踪に関わったことを洩らし、笹塚孫一が推量したように、牢屋敷の女牢に辰平が閉じ込められていることまで話してしまった。

弥助は猪牙舟を小梅村に戻すと、早速磐音に報告した。その場には小田平助、重富利次郎、霧子、おこんが同席し、弥助の話を聞いた。

「笹塚孫一様の話を聞いたとき、まさかと半信半疑であったが、これで辰平どのの居場所がはっきりとした」

と磐音が言い、

「辰平どのが行方を絶って五日が過ぎた。だが、必ずや生きておられる」

「おまえ様、辰平さんは元気です。わが身内をそのような目に遭わせた者たちが許せません」

おこんも口を揃えた。

「若先生、今宵にも牢屋敷に乗り込みましょうぞ」

利次郎が身を乗り出した。

「いや、そうはいかぬ。いかに身内が不当にも牢獄に連れ込まれたとはいえ、幕府の獄舎に乗り込むにはそれなりの仕度がいる。辰平どのにはもう一日我慢してもらおう。その救出の場に猫田金次郎らを呼び出せるとよいがな。そもそも幕府の役所を勝手に使うなど言語道断。あってはならぬことじゃ」

「若先生、牢屋奉行の石出帯刀様ですがな、和泉田代之助に聞くかぎり、このことを承知しておられるとは思えませぬので」

言い残したことを弥助が付け加えた。

「石出様にこのことを知らせますか」

「利次郎どの、石出様が知らぬままに始末をつけるのがよかろう」

小梅村のこの日の談義は二刻に及び、弥助と霧子がその夜のうちにどこかへと

消えた。だが、二人は夜明け前に戻ってきて、磐音に、

「若先生、さすがは牢屋敷でございますね。破牢も難しいが、忍び込むのもなかなか至難にございましてな。牢役人に分からぬように忍び込むとなると、工夫もつきません」

と報告した。


弥助が佃島で和泉田代之助から話を聞き出していた日の夕刻のことだ。

牢屋敷の下男の浜造が女牢に水だけを運んできた。

「飯はもはや運んでこれん」

「なぜだ」

辰平が問いかけたが浜造は応えなかった。辰平の持ち金がなくなったことを浜造は察したのかもしれなかった。下男が去りかけたのを辰平は引き止めた。

「最後の頼みじゃ。一両で受けてくれぬか」

「一両じゃと、他人の金はあてにできん」

「持っておる、持参しておる」

「おめえの金はもはや尽きただ」

「いや、最後の最後まで隠しておいた」

辰平は襟から一両を抜き出した。浜造が薄暗い牢の灯りで小判を確かめていた。

「本物の小判じゃ」

「危ない橋は渡りたくねえ」

「この湯島天神のお守りを、小梅村の霧子という娘に届けてくれるだけでいい。それがしの形見としてな」

「なんぞ企んでいねえか」

「霧子はそれがしの許婚だ。別れがたい」

「小梅村とはどこか」

「小梅村は山谷堀（さんやぼり）の竹屋ノ渡しの対岸じゃ。渡しに乗って尚武館と訊けばすぐ分かる。そこに霧子がおる、頼む」

下男の浜造は長いこと考えた末に格子に近付き、

「格子の間からお守りと小判を投げるだ」

と命じた。

辰平は二つのものに必死の願いを込めて、投げた。この瞬間、辰平に残されたものは、刃渡り二寸の小刀とお杏にもらった筥崎宮のお守りだけだった。

浜造は次の日の昼間、牢屋敷を抜けて山谷堀に急いだ。吉原の大門を何度か潜ったことがあった。女郎を見て歩いただけの冷やかしだが、山谷堀は承知していた。

竹屋ノ渡しで舟に乗り、向こう岸に着いたところで犬を連れた年寄りに会った。季助が白山を散歩させている姿だった。松平辰平が田沼一派に捕まったせいか、尚武館に緊張が漂っていた。霧子に続いて、またしても災難が尚武館に降りかかっていた。

白山もそのことを承知していて、怯えた表情を度々見せる。そこで季助が渡し場まで連れ出したのだ。

「爺さん、ここは小梅村だか」

「須崎村だよ。小梅村はこの下流だ。だれを訪ねる」

「霧子という娘だ」

「おや、霧子さんの客か」

神保小路の佐々木道場以来、門番を務めて訪問客の素性を見分けてきた季助だが、相手の職がなにか推測がつかなかった。ただ暗い表情に不安があった。

「霧子を知っておるか」

「ああ、案内すべえ」

在所言葉に変えた季助が、白山を引いて尚武館の門前まで戻った。ちょうど弥助が門から出てきたところだった。

「霧子さんに客だよ、弥助さん」

「霧子に客じゃと。このお方か」

弥助の胸になにかが奔(はし)った。

「おまえさんはどこのだれだ」

「余計なことだ。わしは届けもんを娘に渡したら帰る」

弥助は霧子を呼んだ。昼餉を終えた霧子が長屋から姿を見せた。

「霧子、おめえに届けもんじゃと」

「あら、だれからなにを」

浜造が門の中を見て、ここはなにか、と呟いた。

「おまえさん、尚武館がなにかも知らずに使いに来たのかえ」

「これをおまえさんに渡せばわしの用事はしまいだ」

浜造が掌に握りしめた湯島天神の古びたお守りを霧子に見せた。尚武館のだれもが松平辰平の古いお守りを知っていた。

「おまえさん、これをどこでどうしたね」

「知ったことか。受け取ってくれ」

霧子は歩み寄ると手首を摑んで、くいっと捻り、門番小屋の中に連れ込み、弥助が季助に命じて磐音を呼びに行かせた。

浜造は磐音、利次郎らに囲まれ、事情を話さざるを得なかった。

「わしは親切でやっただけだ」

「分かったぜ、下男の浜造さんよ。おまえさんが水と盛相飯を一朱で一日一回売ったおかげで、辰平さんは命を長らえているようだな」

と弥助が応じた。

「ああ、そういうことだ。わしは帰る」

「お待ちなされ」

それまで尋問を弥助に任せていた磐音が初めて口を挟んだ。

「おめえ様はだれだ」

「当尚武館道場の坂崎磐音にござる」

磐音が名乗ったが浜造には通じなかった。ということは、囚人が密かに持ち込んだ金目当てに、下男は使いを引き受けただけではないかと推測された。

「辰平どのは元気なのじゃな」

「一日一度の水と飯じゃ、やつれてはいる」

「辰平どのは囚人ではない」

「ああ、昔、牢屋敷で拷問蔵同心だった猫田様が連れてきた者だ。わしは水をやれと小頭同心の佐沼万助様に命じられただけだ。それも今日で終わった」

「小頭同心佐沼どのがそう申されたのじゃな」

「そうだよ。また明日から年給一両二分の大牢付きに戻る。あそこはわしより年季者の下男ばかりで、実入りはねえ」

「おまえさん、在所はどこだえ」

と弥助が訊いた。

「九十九里だ。銭貯めて浜に戻り、船を買って漁師をするのが夢だ」

「その夢を叶えるのにあと何年、牢屋敷の下男を務めねばならねえんだ、浜造さんよ」

「五年か六年。牢屋敷なんぞは地獄だ。拷問蔵から悲鳴が聞こえてきてよ、必ず翌日に血を洗い流させられる。こんな仕事は嫌だ、長くいるところじゃねえ」

弥助が磐音を見た。

「浜造さんよ、在所に戻るためにいくら銭が足りねえな」

浜造の暗い眼差しに一瞬光が過った。

「六両七両、いや、八両あれば貯めた小金と合わせて九十九里に戻れる」

「浜造どの、それがしがその金子を用立てよう」

と磐音が言い切った。

「なぜだ」

「松平辰平どのは囚人ではない。北町奉行所の面々五人に捕まり、牢奉行石出帯刀どのにも知らされずに女牢に押し込められておるだけじゃ。ゆえにわれらが助け出す」

「破牢は大罪だ」

「囚人ならば破牢であろう。だが、辰平どのは無実、騙されて牢屋敷におる者だ。本来、牢屋敷にいてはならぬ者を救い出すだけじゃ」

「わしになにをやらせようというのか」

「裏門を埋門と呼ぶそうな。ふだんは閉じられておるようじゃな」

「おめえさん方、よう知っておるだな」

霧子が木下一郎太らの知恵を借りて描いた牢屋敷の見取り図を浜造の前に広げた。

浜造が霧子を驚きの眼差しで見た。

「今宵九つ（午前零時）、埋門を開けておいてくれぬか」

磐音が浜造に言った。

「そのようなことをしたら、わしの首が飛ぶ」

「埋門を開けたなら、そなたはその足で九十九里に走ればよい。もはや江戸に戻ってくるでない」

しばし考えた浜造が、

「金はいつくれるだ」

「埋門を開け、そなたが出る。その場で八両を渡そう。そして、あとのことはわれらに任せればよい」

「そ、そんなことを、し、信用せえと言うか」

「それはお互いさまじゃねえか。おまえさんに今渡してみな、その足で九十九里に走りかねねえ。いいか、よく聞きな。坂崎磐音様は徳川家基様の剣術指南を務められた人物だぞ。ただ今は紀伊徳川家の剣術ご指南番だ。八両ぽっちでおめえを騙すお方ではない」

弥助の言葉に磐音が頷き、

「それがしを信じてくれぬか」

とひたっと牢屋敷下男の浜造を見た。しばし見ていた浜造がこっくりと頷き、

「わしは九十九里に戻れるのじゃな」

と自問するように呟いた。

「今宵九つを最後に、牢屋敷とも江戸ともおさらばするがよい」

首肯した浜造が、未だ手にしていた湯島天神のお守りを霧子に差し出した。

「あのお侍はおめえさんに会いたがっておった。形見じゃそうな」

「形見にはさせないわ。それに辰平さんが想っておられるのは私ではないの、お杏さんよ」

「なに、あの侍は別の娘にも懸想しているだか」

ふっふっふ、と笑う霧子に、

「姉さん、わしの役目は終わりと小頭同心佐沼様が言われただ。早うせんと、今晩にも相手方に先手を打たれて殺されるかもしれねえ。猫田金次郎って人は、なんとか流の槍の達人だとよ」

と言い残した浜造が季助の門番詰所から出ていこうとした。すると霧子が、

「向こう岸まで舟で送っていきます」

と浜造に言った。

磐音らは浜造と霧子が去った後、門番小屋から母屋に移った。この談義に加わったのは、磐音、利次郎、弥助の三人だけだ。

幕府の牢屋敷に入り込むのだ。覚悟がいった。それだけに少人数で忍び込み、素早く辰平を救い出さなければならなかった。

「若先生、霧子を加えた四人でようございますな」

と弥助が磐音に確かめた。

「大勢で牢屋敷を騒がしてもなるまい。それに相手は五人、牢屋敷の役人は関わりがない」

「猫田金次郎ら、今宵にも辰平さんを始末するために現れますかね」

「浜造に、辰平どのの世話を小頭同心佐沼がやめさせたのは、今晩なにか起こることを意味しておるのではないか。おらぬならば佐沼の名で呼び出すまで」

と磐音が言い切ったとき、

「ご免くだされ」

と声がして小田平助が母屋に姿を見せた。

「若先生、いつも留守番ばかりではくさ、つまらんばい。こん小田平助も辰平さんの救出組に加えてくれんね。頼むと」

平助の言葉に磐音が頷き、小伝馬町の牢屋敷に侵入する面々が五人になった。

四

江戸幕府の牢獄は、幕府開闢当初常盤橋御門外にあったが、慶長年間（一五九六〜一六一五）に小伝馬町に移った。その理由は、

〈小伝馬町一丁目北手御入国の砌、此辺に大榎四五株あり、其処の悪者を捕え、此の木の下に置く〉

とその移転の発端を古書『江戸砂子』は説く。大榎に悪人を縛りつけた地に新たな牢屋敷を設けたというのだ。

小伝馬町の牢屋敷は、表は五十二間二尺、総坪数二千六百七十七坪。高さ七尺八寸の練塀に忍返しが付けられ、表門は南西に面し、裏門の埋門は外に堀があっ

て石橋が架かっていた。さすがの弥助も霧子もこの練塀を容易には越えられそうになかった。

この夜、松平辰平は、異様な殺気を感じ取って眠りから覚めた。

夕刻、予想されたことだが、下男の浜造は姿を見せなかった。ということは自分に対して処断が下されるということではないか。牢屋敷に連れ込まれて何日になるのか、辰平はもはや分からなくなっていた。その間、一日一食の飯と水で凌いできたが、体力は落ちていた。

だが、霧子が落ちた二月余の生への戦いに比べればなんでもない、と辰平は己を鼓舞した。そして、浜造が湯島天神のお守りを小梅村の霧子に届けたろうか、と気になった。

もしお守りが霧子の手に届いたならば、必ずや霧子が浜造にその理由を問い糾(ただ)し、辰平が牢屋敷の女牢に閉じ込められていることを吐かせるはずだ。そして、磐音を頭にした尚武館坂崎道場の面々が救いの手を差し伸べてくるはずだ。

だが、浜造が一両を猫糞(ねこばば)したままならば、牢屋敷に拘禁されていることさえ気付くことはあるまいと、辰平の不安が増した。

遠くで、がちゃと錠前が開けられる音がした。そして、女牢へとひたひたと近付く気配がした。

辰平は襟元から二寸余の小刀を出すと、左手の指の間に隠した。

女牢へと接近する提灯の灯りが格子の間から差し込まれた。

辰平はわざと緩慢な動きで、外鞘を見た。

「松平辰平、生きておるか」

と呼びかけたのは渡辺裕五郎だ。

「渡辺どの、まんまと騙されました」

「己が油断を悔いよ」

「いかにもさよう。それがしの処分が決まった様子でございますな」

外鞘に五人の影が立った。一人が薄明かりの提灯を灯し、残りは一間半余の槍を携えていた。

「ほう、覚悟ができたか」

「得心してあの世に向かいとうございます。それがし、なんのためにかような仕儀に陥ったのでござろうか」

「聞きたいか」

「はい」

渡辺裕五郎がしばし沈思し、喋り出した。

そのとき、九つの時鐘が牢屋敷の西の方角、石町の鐘撞き堂から響いてきた。

忍び装束の弥助と霧子が石橋を渡り、埋門の戸前に立った。厚板の戸を静かに押すと、音もなく内側へと開いた。そして、風呂敷包みを負った浜造が姿を見せた。

霧子が石橋の向こうに立つ磐音を指した。浜造が歩み寄り、磐音が剝き出しのまま八両を手渡した。その小判を浜造が数え、ぺこぺこと磐音に頭を下げた。

「浜造どの、決して江戸に戻ってくるでないぞ」

へえ、と答えた浜造が、

「北町の面々が来ておりますだ」

と言い残すと闇に溶け込むように姿を消した。

まず弥助と霧子が牢屋敷の敷地に入り込み、弥助が気配も見せずに跳躍して揚り座敷の軒に手をかけ、上体を庇(ひさし)屋根に押し上げるとよじ登った。そして、懐に用意した麻縄を霧子の眼前に垂らした。麻縄には一尺五寸間隔で結び目がつくられており、滑り難く上がり易い工夫がなされていた。

霧子も弥助に続いて庇屋根に上がった。

一方、木刀を手にした重富利次郎、使い慣れた槍折れを携帯した小田平助、最後に大小のみの坂崎磐音が埋門を潜ると門を閉じた。

だが、三寸角の閂(かんぬき)を内側から立てかけただけで門は掛けなかった。辰平を助け出したとき、この埋門を抜けて逃げ出すためだ。

侵入した五人の頭には牢屋敷の図面が細部まで刻み込まれていた。そして、次に夜廻りが牢屋敷を巡回するのが八つ（午前二時）ということも承知していた。すべて南町の年番方与力笹塚孫一と定廻り同心木下一郎太の助力があってのことだ。

ともあれ急ぎ辰平のいる女牢に辿り着き、助け出す。

下男の浜造の言葉が確かなら、北町奉行所の五人の内与力と同心が、辰平の「始末」にかかっていると思われた。

磐音らは頭に刻み込まれた牢屋敷の見取り図に従い、百姓牢の東南の軒下を抜けて死罪場に出た。これは辰平の閉じ込められている女牢には遠回りの経路だった。だが、いくら牢役人とて死罪場には近付くまいとの考えがあってのことだった。

利次郎は、死罪場に漂う異臭と冷気に身をぶるっと震わせた。

だが、磐音も平助も一顧だにしない。ひたすら罪人の恨みが残った死罪場を抜けて検使場に移り、米蔵などが何棟も建つ鉤(かぎ)の手(て)の路地を抜けると、石出帯刀の役宅をかすめて穿鑿所(せんさくじょ)の脇に出た。牢屋奉行の石出邸も牢役人が夜分に近付くことはないと推測していた。

三人は考え抜いてきた経路を無言でひたひたと進む。

穿鑿所は表門の玄関の奥にあった。

牢屋敷ではまさか外からの侵入者があるとは夢想もしていないのか、敷地の中に見張りの気配もなかった。むろん牢の中の警戒は厳しいはずだ。

玄関を回り込むと張番所があり、さすがに灯りが灯(とも)り、不寝番(ねずのばん)の牢役人が三人数えられた。だが、その五体に緊張は感じられなかった。

磐音らは用意の黒手拭いで面体(めんてい)を隠し、張番所に近付いていった。

北町奉行所の内与力猫田金次郎らが西牢の一角の女牢に入り込むためには、張番所の見張り同心と意を通じていなければ近付けない。

磐音は平然と見張り所に接近した。

気配を感じた見張り同心が磐音を振り返り、誰何した。

「な、何者か」

言葉が途中で途切れ、磐音の拳や利次郎の木刀、平助の槍折れの先端が鳩尾に突っ込まれて、見張り同心三人があっさりと崩れ落ちた。

利次郎が意識を失った三人を張番所の中に入れ、戸を半分ほど閉じた。

張番所の戸を潜ると西牢に向かい、左手に磐音らは曲がった。行く手に拷問蔵の漆喰壁が見えた。

西口揚り屋、西奥揚り屋、西大牢、西二間牢と並ぶ西牢のうち、女牢は西口揚り屋にあった。

渡辺裕五郎の長広舌は終わりに近づいていた。

「……松平辰平、そなたの不運は直心影流尚武館の後継坂崎磐音に師事したことよ。時の老中、若年寄様の意向に逆らうなど考え違いも甚だしい。神田橋の」

とさらに言葉を続けようとした渡辺を猫田金次郎が、

「渡辺、いつまで無駄口を続けるつもりか」

と制した。

「これは猫田様、つい調子に乗り過ぎました。なにしろこやつが痩せ軍鶏と呼ばれていた時代を知るものですから、つい無駄口を叩きました。詫びの印に、それがしに一番槍を願います」

「相手は素手、それも何日も水だけで過ごしておる。じゃが、直心影流尚武館の門弟ぞ、見事仕留めてみせるか」

「それがし、剣術に才はございませんでした。ですが、猫田様に中条兵庫頭長秀様創始の中条流を習い、牢の中の一人を仕留めるなど容易きことにございます」

「やってみよ」

猫田金次郎の許しに、はっ、と畏まった渡辺裕五郎が仲間に、

「灯りをよう照らしておれよ。それがしが見事田楽刺しに仕留めてくれん」

と言いかけた。

「急げ。かような場所で牢役人に見つかりとうはない」

和泉田代之助が渡辺に言い、見習い同心の市橋種次郎が提灯を女牢の格子に近付けた。

奥行き二間半、間口一間二尺の女牢は牢屋敷西棟の端にあるため、外鞘は鉤の

手に曲がっていた。女牢の入口は間口が狭かった。

渡辺は奥行き二間半の外鞘から槍の穂先を入れた。

辰平は座した姿勢を崩さない、ただ、両手を床に突いた構えで待った。

格子まで五尺とない。槍の総身一間半が十分に届く間合いだ。格子の影と灯りが辰平の体を浮かび上がらせていた。

「恨むならば坂崎磐音を恨め」

槍を扱いた渡辺が不動の辰平に狙いをつけ、胸板を突き通す勢いで突き出した。

辰平が、
ふわり
と横に身体を浮かせて滑らせた。その動きは影と灯りに幻惑されて見えなかった。穂先が辰平の顔の横を流れて空を切り、その槍の千段巻を辰平の右手が掴んだ。

「おおっ」

と洩らした渡辺が手もとに手繰り寄せようとした。

その瞬間、辰平がぐいっと千段巻を横に突き押した。ために格子の柱に槍の柄が掛かり、なんとぽきりと二つに折れた。槍折れの稽古で足腰から腕力を鍛え上げてきた辰平ならではの剛腕だった。

「おお、しくじった。鍵池（かぎいけ）、そなたの槍を貸せ」

と手に残った折れ柄を捨てた。

「渡辺、どけ。大言（たいげん）を吐くでない。中条流の槍の手並み、見せてくれん」

猫田金次郎が渡辺に代わり、外鞘に立った。

辰平の手に、柄半ばで折れた槍が残った。初めて女牢の中に立った辰平は穂先を格子に向け、折れた槍の柄を木刀のように構えた。そして、左手の指に挟んでいた二寸ほどの小刀を帯に差し入れた。

外鞘の猫田はすぐには格子の間から穂先を突き出そうとはしなかった。ゆっくりと辰平の様子を観察しながら外鞘を歩いた。

磐音たちは、女牢の建屋に入る戸口の前に鍵役同心が立って中の様子を窺っているのを見ていた。牢屋奉行の同心の中でも上席の者二人がこの鍵役同心を務め、牢内の鍵を預かっていた。牢屋敷ができた当初、鍵は町奉行所が保管していた。だが、火事が発生したとき、解き放ちの際に一々奉行所まで取りに行かなければならず、囚人が焼死する悲劇が起きた。以来、牢屋敷が鍵を保管するようになり、鍵役同心という上席同心が生まれた。

磐音が見ているのはその一人の背中だった。

小田平助が指で自らの顔を指し、任せてくれんな、という表情で鍵役同心に歩み寄っていった。気配を感じた鍵役同心が振り返った瞬間、小田の槍折れが突き出され、引き戻された。一瞬の早業に鍵役同心が崩れ落ち、平助が腰の鍵束を手にした。

西牢への外鞘の暗がりを、遠くに見える灯りを頼りに三人は走った。内鞘の囚人たちは眠りを貪って（むさぼって）いて、気付く者はいなかった。

外鞘を行ったり来たりしていた猫田金次郎が、ひょいと足を止めた。

「渡辺裕五郎、こやつを穂先で牢の隅に寄せよ」

と命じた。

「承知しました」

名誉挽回とばかり、渡辺が鍵池三左（さんざ）の槍を借り受け、外鞘から槍の穂先を前後に激しく動かしては、辰平を奥へと追い込もうとした。

弥助と霧子はそのとき、西牢の屋根の瓦（かわら）を剥がし、持参した小鋸（このこ）で屋根板を引き切ると天井裏に潜入していた。

「それそれそれ」

辰平は渡辺の穂先を避けるため、壁の隅に寄らざるを得なかった。猫田のひと突きで勝負は決する、と外鞘の猫田の動きに神経を尖らせていた。

空きっ腹は神経を鋭敏にしていた。だが、供された盛相飯は日に一度きり、衰弱を感じずにはいられなかった。

猫田の攻撃を避け得たとしても逃げる術はなかった。そのことが辰平を絶望の淵へと追い込んでいく。

磐音の顔、おこんの顔が浮かび、お杏の笑顔に変わった。

(さらばにござる)

胸の中で別れの言葉を吐いた。

その瞬間、二つの影が天井から外鞘に落ちてきた。

うっ

と叫び声を洩らしたのは、弥助に肩に乗られ、足首を首に巻かれて、くいっと捻られた渡辺裕五郎だ。それは絶命の呻き声だった。さらに鍵池三左には霧子が伸しかかり、首を絞め上げて失神させた。

灯りを持つ市橋種次郎と和泉田代之助が茫然（ぼうぜん）として、天井から降ってきた二人を見た。

「なにが起こった」

と辰平の動きに集中する猫田金次郎が、視線を牢の中に預けたまま尋ねた。

「そ、それが」

和泉田代之助が、忽然と現れた利次郎と平助を見て立ち竦んでいた。

「辰平、助けに来た」

利次郎が告げた。

「おお、利次郎か。遅いではないか」

「贅沢（ぜいたく）を申すな」

牢の中に応じた利次郎の木刀が、動きを止めた和泉田代之助と市橋種次郎に振るわれ、寸毫の間に肩を砕かれた二人が外鞘に崩れ落ちた。そして、市橋の手から落ちかけた提灯を霧子が、

さっ

と受け取った。

小田平助が鍵役同心から奪った鍵束から、

「女牢」

と木札が付けられた鍵を選び出し、頑丈な錠前の孔(あな)に入れた。

異変に気付いた猫田の視線が、牢の中から外鞘の侵入者に向けられた。

「尚武館か」

「拷問蔵同心から北町奉行曲淵様の内与力になぜ鞍替(くらが)えできたか知らねえが、いささか尚武館を甘く見たな」

と弥助が言った。

「中条流の槍の錆(さび)にしてくれん」

と外鞘で猫田金次郎が槍を構えた。

灯りの外から最後の人物が姿を見せた。

「そなたの始末はそれがし、坂崎磐音がつけ申す」

磐音が腰の包平(かねひら)刃渡り二尺七寸（八十二センチ）を抜き放った。

霧子が提灯の灯りを鍵穴から二人が対峙する外鞘に向けた。

ふうっ
と安堵の息が洩れた。

女牢を出た辰平が洩らした吐息だった。

猫田金次郎は磐音の胸板にぴたりと穂先をつけた。

形勢は逆転していた。

紀伊藩の剣術指南坂崎磐音に対して、意地を見せるしかないと覚悟を決めた。

磐音は正眼の構えの包平を微動だにさせず、ひっそりと立っていた。すると小伝馬町の牢屋敷に長閑な気が漂った。

「春先の縁側で日向ぼっこをしながら、居眠りしている年寄り猫」

のようだと評された居眠り剣法だ。

猫田も不動のままだ。

動かぬ二人の間合いは一間余、槍の間合いだった。

牢屋敷に無言の時が流れ、

すうっ

と猫田金次郎の槍が手繰られ、次の瞬間、磐音の胸目がけて穂先が突き出された。

そより

と風が牢屋敷の外鞘に戦いだ。

突き出された穂先が磐音の胸の前で包平に押さえられ、横手に流された。ために猫田の体が前につんのめった。

直後、包平が翻り、たたらを踏む猫田金次郎の首筋を一閃していた。怒りに燃えた神速の一撃だった。

凍りついたかのように動きをとめた猫田が磐音を睨んだ。だが、それも一瞬で両眼から力が失せ、小さな呻き声を洩らすと前のめりに崩れ落ちた。

しばし猫田の姿に眼を留めていた磐音が包平に血振りをくれて、鞘に納めた。

「辰平どの、怪我はないか」

「ございません」

と答えた辰平が、

「昔の仲間と思い、油断をしてしまいました。佐野善左衛門様の名を出され、それがしに会いたいと望まれているとの言葉を、半信半疑ながら信じてしまいました」

「佐野様の名をこの者どもが出されたか」

「はい。迂闊でした」

「いや、佐野様にはわれらとて何度もきりきり舞いさせられておる。致し方ない仕儀であったな」

「いえ、未熟ゆえ、かような難儀に落ちました」

「辰平、望んでも牢屋敷の女牢などには入れぬぞ」

「代わりに入るか、利次郎」

「じょ、冗談はよせ」

「引き上げましょうか」

「この者ども、どげんしまっしょかな」

小田平助が意識を失った北町奉行所同心三人のことを気にした。

「牢奉行所は町奉行の管轄、北町奉行の曲淵様が判断なされよう」

「それがし、いささか借りを返しとうございます」

と磐音に願った辰平が帯の間の小刀を出すと、三人の髷を切り落とし、女牢の中に投げ込んだ。

「小梅村に」

霧子の声で一同は牢屋敷の女牢から姿を消した。

磐音は入堀に止めた猪牙舟が大川に出たとき、

(いよいよ両派の切羽が詰まったな)

と倒すか倒されるか、決戦の刻は近いと改めて覚悟をなした。

巻末付録

江戸よもやま話

読売——江戸のゴシップ紙

文春文庫・磐音編集班 編

田沼父子から受けた仕打ちを、佐野政言（さのまさこと）は「闇読売」で告発するという暴挙に出ます。佐野を案じる磐音は、田沼贔屓（びいき）の『世相あれこれ』に似せた『世相ともあれ』という、これまた「闇読売」で、佐野を擁護しつつ反撃する奇策に出ます。結果はお見事、剣を交えることなく情報戦を制することに成功したのでした。

さて、「読売」は和紙に絵と文字が摺られた木版画で、江戸時代、一枚から数枚にまとめて出版された情報媒体です。「一枚摺」「絵草子（えぞうし）」などとも呼ばれますが、現代でもお馴染みの「瓦版（かわらばん）」という名称は、幕末になってはじめて登場します。錦絵などの他の摺物と比べるまでもなく、読売は彫りや摺りが荒い粗悪な印刷物ですが、それはスクープをいかに早く売るか、速報性が重視され、工芸品としての美など求められていなかったからです。著作者の権利もありませんから、売れ筋の瓦版はすぐにコピーされました。
読売の内容は多岐にわたり、下世話で真偽不明な噂話を載せるゴシップ紙でもあり、世相を巧みに皮肉り、大火や地震の様子を速報するさまをとらえ、江戸のジャーナリズムと評されることもあります。ただ、公正な報道精神を持っていたわけではなく、人々が好奇心を持つ情報であることが第一で、庶民のエンターテインメントであったことは間違いありません。

それでは、庶民に愛された読売の世界を覗いてみましょう。

まずは、新型コロナウイルスが流行した二〇二〇年、実に百七十年ぶりに〝再発見〟された珍獣、「アマビエ」（図1）を伝える読売をご紹介いたしましょう。弘化三年（一八四六）夏、肥後国（熊本県）の沖合に現れ、「私はアマビヱと申す者だ。当年より六ヶ年の間は諸国豊作となる。しかし、病が流行するので、早々に私を描き写し人々に見せなさい」と言って姿を消したと、読売は伝えます。絵の下手さがかえって愛らしさを醸し出していますが、よく見ると、長髪に鳥のようなくちばし、胴体には鱗、毛深い足は三本と、あまりお目にかかりたくないお姿。豊作と疫病の流行を予言するものの、具体的な病名を挙げないのは自信がないためでしょうか。残念なことに、前後の六年間に疫病の流行は確認できず、この絵が一枚しか残されていないのも、予言が外れてしまった

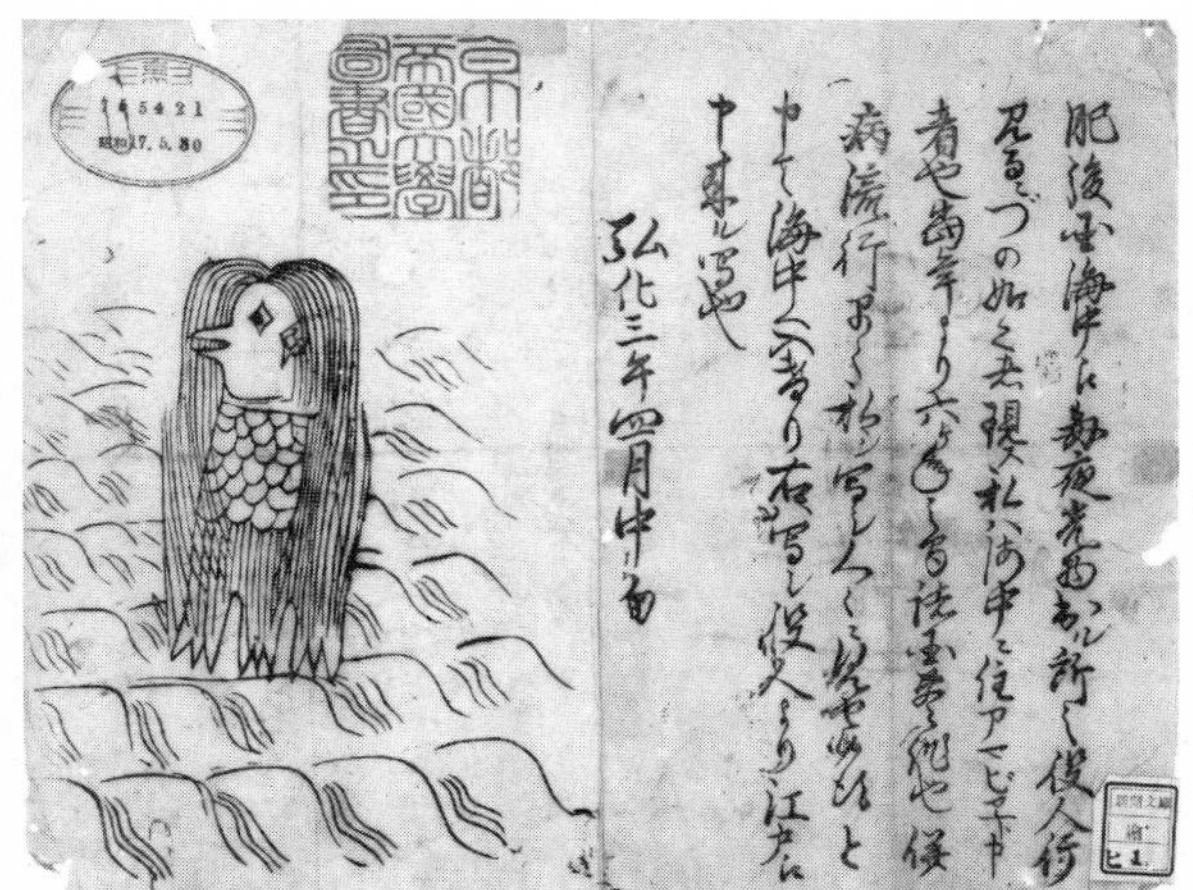

図１「肥後国海中の怪（アマビエの図）」（京都大学附属図書館蔵）

図２「くたべのかわら版」（大阪府立中之島図書館蔵）

からかもしれません。

こうした豊作と疫病流行を予言する動物を「予言獣」と呼びますが、「くたべ」（前頁図2）もその一種です。身体は黒い牛か獅子のようで、よく見ると薄気味悪い目がついています。そして、顔。何やら禿げ上がったおじさんが微笑んでいる……。読者諸賢には、かつて世間を騒がせた人面犬や人面魚を思い出す方もいらっしゃるはず。この造形のセンスはさすがの一言です。四、五年以内に「名も無き病」が流行し大勢死ぬが、自分の姿を見た者は天寿を全うできると、おじさんは教えてくれます。助かった！　と当時の人が思ったかどうかはともかく、お守りやお札として購入され、口コミで広がることを期待した仕掛けなのでしょう。場合によっては、関連する見世物興行も催されたといいますから、商売上手です。

ちなみに、くたべは人口に膾炙したようで、パロディも作られます。その名も「スカ屁」。こちらも妖怪……ではなくどう見ても老婆。四、五年以内に「おなら」病が流行し、薬も効かない事態となるが、私を描けば感染しない。「どこもかもくたべ、あんまりくたべで、はらもくたべ」——くたべ、くたべの話題ばかりで、腹が下った、とのたまう。よほど匂いがきついのか、自分の鼻をつまんで放屁までする。馬鹿馬鹿しくて笑えます。予言獣は、江戸の人にとってエンタメのひとつだったのです。

疫病で死者が出るなか、儲かったのはこんな仕事と面白おかしく紹介するのは、当世では不謹慎だと批判されますが、江戸っ子は気にしません。むしろ粋に笑い飛ばす。図3は、文久二年（一八六二）、江戸で麻疹が大流行した際に、儲かった職業や物を「あたりの方」として右側に、損をしたり人気を落としたものを「はづれの方」として左側にランキングした、見立番付（相撲などの番付表のパロディ）形式の読売です。右側に並ぶは、薬種屋、医者、日雇い労働者、駕籠屋、沢庵、黒豆、干瓢など。対する左側は、女郎屋、芸者、舟宿、天ぷら屋、蕎麦屋、寿司屋、髪結床など、いわば濃厚接触となりやすい職業が並びます。二段目で「どこのおゐしやもひまがない」「ふなやどさつぱりのりてがない」「さかやきする人さらにない」など各業種への揶揄が続きます。三段目の絵では、右の読売屋が「上下そろいまして十文と六せんでござい」と笑顔の客に読売を売っているのを、左の棒手振りが「いまいましい、あんなものをうりやがる」と不機嫌そうに見ています。疫病と

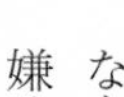

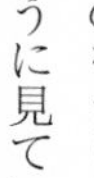

図3「為麻疹」（東京大学大学院情報学環蔵）

いう非常事態をもネタにして読売は儲かっている、と笑っているようです。

ところで、読売屋は編み笠を目深に被っていますが、なぜ顔を隠しているのでしょうか。読売は、幕府に禁止された違法出版物だったからです。早く、貞享元年（一六八四）には小唄や噂を載せた読売の販売が禁止されています。その後、享保七年（一七二二）、印刷物には版元を明記することが義務付けられます（これが現在まで続く、本の「奥付」となりました）。しかし、以降も、版元は明記せず、許可も取らず、という読売のスタイルが変わった様子はないことから、幕府もある程度黙認していたようです。ただし、幕府批判と、風紀を乱す心中事件を取り上げることは、一貫して厳しく取り締まられました。読売屋は、黙認され続けるために、規制の範囲で工夫を凝らしていたのです。

楽しく、ユーモア溢れる読売とは異なる緊迫感のある読売もご紹介しましょう。安政二年（一八五五）十月、マグニチュード七の直下型巨大地震が江戸を襲いました。最大震度は六以上と推定され、倒壊した建物は数知れず、江戸府内だけで一万人前後の犠牲者が出たと言われる未曾有の大災害でした。江戸は、全国から武士や、修行や出稼ぎの商工業者が集まっていただけに、被害者の関係者は全国に及びました。親族や友人の安否を知りたい人々のために作られた読売には、各地の被害状況やお救い小屋の場所がびっしりと書き連ねられています。「ゆるがぬ御代 要之石寿栄」（図4）はそうした一枚で、情報はかなり正確で、しかも被災者に寄り添う言葉が述べられます。「遠国他国よ

図4「ゆるがぬ御代 要之石寿栄」（東京大学大学院情報学環蔵）

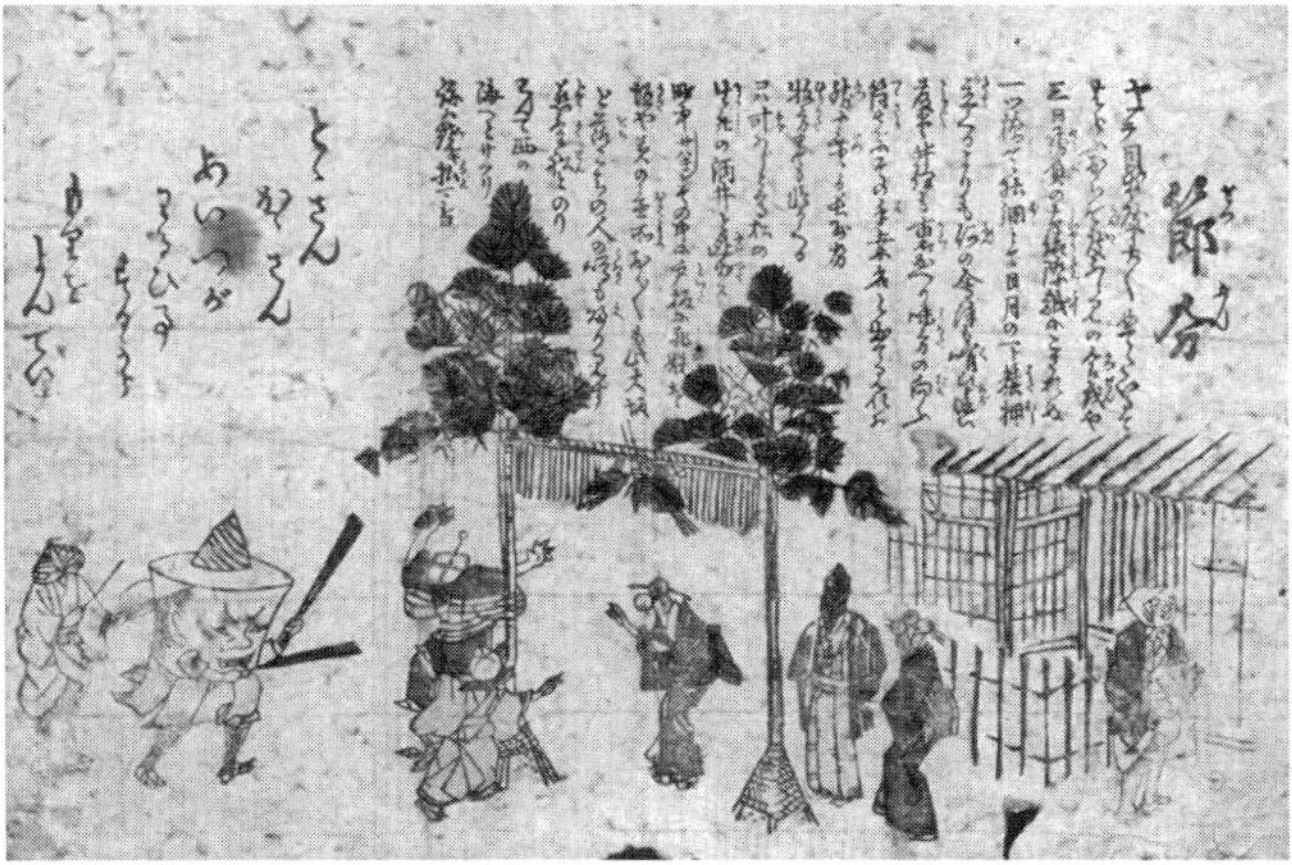

図5「節分」（東京大学大学院情報学環蔵）

図6　敵討は読売の定番のネタで、とくに女性による敵討に江戸の庶民は熱狂した。兄を殺された妹たかは、北辰一刀流の剣術を修行し、6年後、仇敵を討ったと伝える「江戸浅草 御蔵前女仇討」（東京大学大学院情報学環蔵）。

り江戸へ縁付又は奉公に出たる人々はやく国元の親たちに我身の無事をしらせて安心さすべし」――心細い思いの地方出身者にさぞや響いたことでしょう。大地震が起きても「ゆるがぬ御代」「御代万歳」と幕府を礼賛するのは違法出版物ゆえのおべんちゃらの気配もありますが、社会的使命、ジャーナリズムの芽生えと言うのは褒めすぎでしょうか。

やがて幕府は崩壊し、出版規制もご破算となります。規制から解き放たれた読売を最後に一枚。タイトルは「節分」（前頁図5）。よく見ると、人の顔が植物などになっています。絵解きをしますと、大政奉還の翌年、慶応四年（一八六八）に新政府軍と旧幕府軍とが衝突した鳥羽伏見の戦いを風刺して描いています。人物の顔は家紋になっていて、左端の「三つ葉葵」（徳川家）は何やら棒を持った怪人（会津名産の「絵蠟燭」からの連想で会津藩）を指揮し、対する「丸に十字の紋」（薩摩藩）と「橘紋」（彦根藩）は驚き（または、「節分」だけに豆をまいている?）、「一に三つ星」（長州藩）、「土佐柏」（土佐藩）、「梅鉢紋」（加賀藩）は動じずに眺めています。子どもに描かれている薩摩と彦根のセリフでしょうか、「ととさん、かかさん、あいつがわるひ事する」と、幕府を「あいつ」呼ばわり。節分に、鬼の会津藩と幕府は追い払われてしまうのでしょう。

ここにご紹介したのはごくごく一部で、大きさや色づかい、デザインも多様な読売が江戸の町でまかれていました。日々の憂さを晴らす娯楽として、また、事件や災害をいち早く知る報道として、江戸の庶民に愛された情報媒体だったのです。読売・瓦版は明治中期まで作られます。

【参考文献】

木下直之・吉見俊哉編『ニュースの誕生　かわら版と新聞錦絵の情報世界』（東京大学総合研究博物館、一九九九年）
呉光生『大江戸ビジネス社会』（小学館文庫、二〇〇八年）
森田健司『かわら版で読み解く江戸の大事件』（彩図社、二〇一五年）
森田健司『江戸の瓦版』（洋泉社歴史新書y、二〇一七年）

文春文庫

定価はカバーに
表示してあります

湯島ノ罠（ゆしまのわな）

居眠り磐音（いねむりいわね）（四十四）決定版（けっていばん）

2020年12月10日　第1刷

著　者　佐伯泰英（さえきやすひで）

発行者　花田朋子
発行所　株式会社　文藝春秋

東京都千代田区紀尾井町 3-23　〒102-8008
TEL　03・3265・1211㈹
文藝春秋ホームページ　http://www.bunshun.co.jp

落丁、乱丁本は、お手数ですが小社製作部宛お送り下さい。送料小社負担でお取替致します。

印刷製本・凸版印刷

Printed in Japan
ISBN978-4-16-791616-9